一个人拥抱天空

十品 著

广西师范大学出版社
·桂林·

目 录

Mu Lu

第一辑

第二辑

第三辑

第四辑

第一辑

大雨和暴风雪一起高唱着
走向妩媚的日子里　我的天空
不会因我的拥抱而失去美丽
失去一个作为男人的权利

看见河流

每一次　每一次看见河流都会如此激动
心脏不停地狂跳　青筋涨起　仿佛奔跑
河流的声音早已淹没了我的视野
每一个音符　每一个疯狂的念头升起　都会
有一群不怕死的兄弟跟上　没有暗示
只有眼睛　在黑暗中交流　电光石火的深处
恐惧这头巨兽　吃饱喝足之后　牙齿还滴着鲜血
笑容灿烂　如刀子一样的风　锋利地吹过
大路边就有人头落地　古书上就这么写道
河流的上游正在经历一场血雨腥风的
战争　马蹄上的金属在不停地敲击着
大地的胸口　女人们将门关上也将爱关上
奔跑的孩子如闪光的虫子　飞翔在春天的
童话里
每一个手势　每一个要命的动作都显得那么苍白
食草动物和食肉动物永远无法同床共眠
小小的生存伎俩有时是最有力的杀人武器
进入黑暗的地穴里　我们什么机会也没有了
我们的前面正是别人的胃和消化分解系统
我们的自由正面临着最后的考验
我们的生命正在别人的指尖上残酷地跳舞

我们的血液已是流尽了水的河流
在从高空悬挂下来　无力地表示着皮或者灵魂
被撕碎被鞭笞被蹂躏被怀念被消费被遗弃
每一次　每一次看到河流都会感到被河流
紧紧抱住
一生一世都逃脱不了被追杀的险境　尖刀的寒光
如影随形　奔跑的心脏狂跳不已　我们已
精疲力竭　走投无路　长着长牙的亲人不能亲近
一次一次地饮下毒酒　一次一次地被告知酒是假的
欲哭无泪
我们总是小心翼翼地对待我们的爱情　因身体遮挡
四面来风　我们的爱人柔弱而美丽　细长的眉毛与
细致的小手组成一幅不可复制的山水画　桥上的人
来自锦绣的水乡　水质的脸庞一直在流动着
心灵已经超越了无数河流的激情　我们总是在
黎明的时候期待着一见钟情　将所有的呵护
都集中在我们的情人身上　直到太阳出来照射出
长长的影子　洗尽的日子非常吝啬　总是一点一点地
露出真相　我们永远的情人是不可以改变的
就像尊贵的蝴蝶飞过的那片山岗　春天就不再
消失　鲜花就会永远开放　不再凋谢和
遭遇回放

天底下就有那么一群坚守的人　面对失败
他们总认为是上帝的眷顾　将人间的不公平
轻易地抛撒在他们无辜主人的身上　天气的变化
并不能改变心中的坚强　在最不愿意看到
他们的地方　却看到了他们在风口浪尖上
硬朗而惊悚地上下颠簸　他们强大的坚守
正在过着盲人的生活　小心翼翼且猜忌一切
门忽然打开　没有谁可以剥夺我们仅有的绿色
话语权
静静地跪在父母的墓前　泪水已像从前的河流
穿过故乡的村庄后又穿过童年岁月　推着铁环的
少年里我是最小的那一个　细细的臂膀从未想过
能举起超过自己体重的杠铃　最不可思议的是那个
月黑风高的夜晚　我竟然穿过墓地浑身是胆
泪眼蒙眬的女孩　手执鲜花的女孩　笑容灿烂的女孩
都在那一时刻消失的无影无踪　只有冰冷的
秋风不停地吹打着一个弱小的身躯和即将崩溃的
心脏　我知道我的手很巧　跟奶奶学习绣花和纳鞋底
画出的画尤其让老师动心　美术课一结束女同学的作业
本
就堆在我的面前了　小小的计谋是一定要有的
站在桥的中央　看河流滔滔奔腾不息　两岸流动着

不同的风景　骑着白马的少年行走在河的南岸
手中的鞭子不停地指向天空和北方　一座彩虹
在少年挥鞭的方向悄然出现　飞鸟金子般地
飞过彩虹　飞鸟鸣叫出朵朵莲花
我们曾经热爱这个世界　大自然的色彩决定着我们的
许多判断　美丽的花朵陶醉了我们许多时光
如河流一般地流动并不是我们想要的结局
但渴望在流动的瞬间迸发火花　照亮平凡的
生命　照亮不平凡的夜空　照亮无法抵达的岩岸
讲述了我们的前世生活　带血的奔牛像鸟一样飞翔
鹿群惊恐地跟随着迁徙的队伍寻找水源
我们在一座山的背后享受着爱情的美妙故事
天亮了
太阳穿过云层穿过历史穿过四季穿过梦境
太阳的光芒照着美丽照着黑暗照着龌龊
太阳的温暖感动着所有生命的律动　没有明天
太阳无言地道出了永恒的秘密　就在河流的流动中

2011.4.14

向西　向西

列车向西我承认　日夜交替地呼啸
阳光穿过蓝色的窗帘　飞快地移动着
绿野就一直在喊：向西　向西
沉入夜晚的故事刚刚开始　一潭静水
久久不能平静心情　中国的腰部
白色的带子在青山的东方飘呀飘
我不止一次地展开地图　不止一次地
酌满酒杯　感受着来自汉中大地的沉默
翻云覆雨的天空下　英雄在历史的
任何一个角落　都是那么目光炯炯
嵌入灵魂　刀的寒光闪过
一个王朝就拐了一个弯　在不该停留的时候
停下了步伐　这是最出色的春天
列车之后是大巴　而且大巴向西我承认
穿过隧道就钻进了秦岭的腹中
灯光绝没有阳光温暖
我不承认汉军三十万兵马一夜间在
这里消失　猎猎的旌旗还在飘扬
勇士的灵魂还在呐喊……
向西的勇气已征服了诗歌王朝
向西的岁月仍在一天天延长　如刀锋
掠过眼睛　一路向西　向西

2011.4.26

一个人拥抱天空

从心灵的最深处出发　面向天空
面向所有的陌生世界　探寻与叩问
将生命拆分为多个时间段来运行　没有目标
也没有可以依赖的人　独自站在峰巅
云层下的奔跑　使众多的生命
露出最后的苍白　牙齿也在露出

睡梦中我忽然惊起　三闾大夫无限
热爱的黑马闯入梦中　只需片刻
便说出了永远的秘密　主人是被乱棍
活活打死后抛入汨罗江的　凶手没有人看见
现场留下的痕迹很少　一只狐狸穿着
狼的鞋子　在羊群里走来走去
笑的时候　尖牙露出　还会有美妙的
传说　顺着悠扬的埙声看过去
两行鸿雁飞过　在天空中开成花朵

五柳先生很窘迫　南山下总有他
恣肆四海　踏浪飞舟的身影
古典的彩虹　勇敢地横跨在江面上
没有一个勇士敢从桥下走过
尖刻的咒语正在撕扯着无辜的行人

撑开油纸伞只为遮挡天空落下的小雨
而飞溅的恶语最怕
安淮寺的佛香　冥冥之中的自说自话
轻易穿透千层底的布鞋
将凶恶的毒箭拒绝在危险之外

大唐是谁都绕不过去的丰碑
来来往往　日日夜夜　各式人等都会
留下画像　留下精彩的诗句
天空的湛蓝让最强大的王朝
变得没有了色彩　仿佛流动的
云与如云的战马都无法表述诗人的心境
只有一双眼睛犀利无比　看透了
大纛降下　看穿了变幻服饰和乐声
天空在召唤　天空在召唤

东坡让我无语　易安让我无语
元美让我无语　纳兰让我无语
适时建立起不可撼动的精神长城
将诗歌磨出宝剑的锋利
割下一片天空来　赠给渴望爱情的人
母亲教唱的儿歌　正从脑后升起

一点一点地逼近守灵人　我知道
最后的曙色会在那里出现　天空下
不死的灵魂　会从我的诗行里走出
让一切光芒都暗淡下去

我知道　埋葬我的石头在那里
刻上我的名字　刻上我的墓志铭
然后消失　我的天空不再平静
大雨和暴风雪一起高唱着
走向妩媚的日子里　我的天空
不会因我的拥抱而失去美丽
失去一个作为男人的权利

2011.7.26

上狼山

上狼山的初衷就是寻找狼
狼山原就是狼的故乡狼的出生地
狼的妖气笼罩狼山
狼的嚎叫遍布狼山
狼的一举手一投足之间
人的恐惧和担忧
就成了永不愈合的伤口

于是　佛就出场了
在狼山摆擂争霸
佛的吞云吐雾
佛的移山造石
佛的劝善惩恶　身体力行
赢得人的尊敬

狼自知不如佛
就同意将自己的狼山借给佛
只提一个保留山名的要求
狼山依旧叫狼山
狼山成了佛门圣地

大势至菩萨总是在山门的第一进

迎接善男信女
香烟缭绕　木鱼声声
江水拍岸　斗转星移
狼山上早已没有了狼的踪影
佛借狼山　有借无还

2009.2.13

春天里来

病是病菌带来的
病菌非常微小　最亮的眼睛
也是看不到的　病菌有着千般变化
无尽的形态和色彩
病菌对任何生命都无孔不入

春天使万物复苏
复苏的万物中　病菌是最快乐的一群
站着　坐着　跑着　跪着
活跃的病菌在春天里
过着狂欢节

复苏的生命都长着善良的心
不忍看到不幸
不忍那些痛苦如虫子般地
啃噬着叶子和根子
大树也病了

青的草　绿的原野
流淌的河水和飞翔的小鸟
都可能在病菌的窥视中

将身体放平
将黄昏割断

2009.2.13

自　语

一

今天是初五　是小年　是年中的年
在明天还没有开始的时候　记忆中
出现的都是过去　往事和背叛
骗局里能活着出来的　还能有心情
走在大街上　自由自在地东张西望
竟然不理会来自小贩的叫卖声

二

今天是初五　今天以后铜像就立在
广场的中央　成群的鸽子飞落下来
游人和孩子漫步于广场上　蓝天白云
喷泉鲜花　今天以后我要作一个
牧马人　把我的胸怀变成最好的
牧场　跨上骏马纵横草原　迎风飘扬

三

今天是小年　又是情人节　一切都从静静的
雾霾中飘散开来　童话的春天正在萌动胚芽

精子骄傲地走在大街上　粉丝和随大流者
也显得那么从容不迫　脚步悠然
情人们手拉着手　在等着阳光过去
红粉的烛光会让全世界变得甜蜜和暧昧起来

2013.2.14 09:21

大海鲢

我多次拒绝沃尔科特面对的死亡故事
呼吸的海总在喘息声中被恐怖绑架
大海鲢的挣扎　大海鲢的吼叫
一次次地被海风淹没　我不想看见
绝望中的生命是如此伤心欲绝
为什么不是大白鲨　为什么不是大海龟
没有翅膀就不能飞向天空　没有眼睛
就看不见这肮脏的世界　一个又一个
海浪扑来　洗净石油的灾难　却洗不尽
屠杀的血痕　“大海鲢痉挛着
呼呼地拍打着死亡的沙滩”　沙滩
如此坚硬　撞开睡梦中的大门

大海鲢美丽的身姿掠过海面
如著名模特走过T台　鞋子敲击地板的
声音与穿越的故事一同出现　海浪热情在
隐去　海风追着白鸥上升　这只是梦境
和煦的阳光一层层地覆盖在你我的身上
没有谁不会想到沃尔科特　也没有谁
不会想到《大海鲢》中的大海鲢　可是
诱惑不断出现在梦境里　我是俗人
我不会与强权者共享一个天下　我只想到

大海鲢和大海鲢临终前那一瞬间的绝望
可能不只是疼痛　可能也不只是远离故乡
幻想的薄雾已从沉船的位置慢慢漂移

没有见过大海鲢的就读沃尔科特的《大海鲢》吧
他虽然微笑却在心底里慌乱不已
蓝天还是要团聚在秋天的翅膀下生存
任何企图都将一无所获　只是不能被看见
灵魂是不可以外借和出租的　灵魂在肉体中
常常呈透明状　所有人都可以轻松地
走过坎坷　是大海鲢改变了我的生活
也改变了我的梦境　一个抱着吉他的歌手
走在城市的边沿　唱着与大海鲢有关的歌曲
以悲怆的心情与大海鲢告别　海面一片混乱

2012.11.12

坍塌的大桥

大地的每一根神经都被绷紧了
在遥远的深处　一个结在没有节制地生长
是生存还是死亡　这是一个问题
更是一个命题　连接大陆之间的
大桥　也连接着三百万女人的心
不能没有任何征兆地跳下去
不能在天还未亮的时候定格成一只
蝙蝠　土灰的脸庞被纸折叠过去
在历史尚未睁开的双眼里　静止就是一切
生存就是一切　站立就是一切

大桥即将坍塌　瞬间飞过的黑鸟
只对一个农民微笑　一排黄斑的牙齿露出
一栋三十三层高的大楼几天就崛起在广场上
暧昧的广告牌正在穿越城市　走上高速道的
迎风面上　大桥上人来人往　车来车往
沉重的喘息声被各种鸣叫和喧嚣声淹没
大桥在告诉自己　要坚守住人生的底线
大桥的双脚为一个世纪的屈辱而赎罪
阴郁的天空忽然飘来七彩祥云　干涸的
一声长叹　闷声的巨响由地下传出
传得很远很远　世界瞬间颠倒

2012.12.23

独处的日子

与两只青蛙独处　我会变得油嘴滑舌
面对阴沉的将要飘雪的天空
我想　沉默是看不到未来的
没有任何理由地等待着雪花
没有任何希望地等待着微笑

一只落荒的燕子飞来
从南方那无名的小村里　衔来苦涩的故事
左手挽着篮子　把我的梦变成灰黄色照片
与谁独处都是一样　看着白天慢慢走过
就像看着夜晚　渐渐降临一样

黑眼睛与黑夜对视　小手抓到的是生命

2012.12.26

冰王子

被众人称之为冰王子的人
就是我们常常在冰封的世界里
从眼前垂下的冰棱
晶莹透明的宫殿里总是有一个
高傲的王子在里面走来走去
忧郁的眼睛里藏着仇恨
手里常常握着一本书
而书在他手里始终打开在六十九页
黑色的秘密很深很深
仿佛在血液的深处
那里一个永远的舞台
神话中出现过的天鹅和山羊
都以绅士的身份在王子的身边听差
唯有鹦鹉依然是信使
飞过千山万水　打探神秘行踪
深仇大恨终有报时
万劫不复　难逃惩罚
王子手中的短剑寒光闪过
冰棱开始融化
冰封的世界松动了
冰王子不相信季节转换
于是他无奈地收起短剑

老松树的臂膀上已被刻下
“我要杀人”四个字
冰雪退去了　春天回来了
忧郁的冰王子又将与我们分别一年
他的仇恨一日未报
他的短剑就不会收起
人们都想等待结果
可这结果不知何时才能结成果

2009.2.23

眼睛里有风声掠过

常常站在大楼的落地窗前
看着脚下川流不息的车流
人群如蚁　蠕动在大街小巷
看着他们来来往往的脚步和
匆匆而过的脸庞　我平静的心跳
也开始了不平静的搏动
早新闻中金融风暴还在继续
国际油价又上涨了二点五美元
香港股市浮升百分之三点五四
英伦的二十G会议将召开　警察
聚集　草木皆兵　二十个国家最高首脑
像玻璃人一般定格在橱窗里
车祸　车祸
还是在预料中发生了　两人失去知觉在抢救
三千多公考人员只有一百八十六人能录取为
政府公务员　新加坡总理李显龙
宣布改组内阁　中国渔政船在
南沙群岛行使国家主权
小雨不知不觉地落下　湿濡的空气
将城市和皮肤湿润
东北笑星红透了大江南北　让人们

俗了很多　这个世界上浮出表面的
总像海潮一样泛滥成灾
只希望　能看到宁静的一隅
在轻松愉快中接受艺术的陶冶
常常站在一个城市的高处
阳光消失了　精彩没有消失
暮霭出现了　骨骼还在坚持
伸出手　仿佛触摸着大地的呼吸
文物普查在新点和旧点之间
叩向祖先的文明　贫与富的分野
可能就只是一墙之隔
来来往往的人群漠然相处　脸上的表情
在图片中似曾相识　文字中永远相似
一个骗婚的男子依然风流倜傥
游戏于几个女人中　如鱼一样得意
但露出的眼睛却是灰暗的可怕
当杀人犯出现在镜头前时
一切都停止了　我的脑袋也死机了
空白的记忆无法移动
只站在窗前　风穿过透明
想在城市的角落里寻找家园

于是我关闭了眼睛　让沉淀的
风声留下　长成疼痛的结石
长成没有故乡的种子

2009.3.27

雨后阳光

一场大雨过后　太阳羞羞答答地
出现在高高的树枝间　被雨水洗过的
森林裸露在大地的掌心　知了

一声长叫　穿过众多的叶子
抵达了不想醒来的黎明
那些无家可归的鸟儿　不断地
拍打着翅膀　让水滴在阳光下飞舞
让郁闷的心情　四处躲藏
一夜的情话突然变得俗不可耐
拥有比拥抱更值得回味

红色的油纸伞一直沉默着　它所
见证的雨水与见证的阳光一样重要
当一个扣解开以后　下一个扣又在等着你
悄悄地离开吧　然后看离开以后的世界
是怎样在改变和留存你的印迹

2009.6.29

异乡的刀

一把生在异乡的刀消失很多年
一条生命在刀口上闪现出光芒
走在异乡弯弯的山道上
常常被刀的弧度
雕刻成一座粗砺的石碑

像树一样　永远地站在路边
看着那异乡的刀　走进走出
从山里到城里
沉默不语　沉默到底
眼睛中常含刀锋一般的寒光

异乡总有许多可留恋的东西
邻家女儿的一头乌发
在风中就是一面飘扬的旗帜
异乡的刀在默默地祈祷
并砍在树上　流出咸咸的液体

一个鸽哨悠扬的早晨
天空的白云与心情同时变幻
邻家女儿的一声尖叫
异乡的刀就出现在现场

然后　是血洒在古老的石板路上

异乡的刀从此消失得无影无踪
这个世界总是为一些死去的人
编一些故事　让英雄和小人
同台演出　让美丽和垃圾模糊不清
直到不了了之

2009.7.19

空间站

空间站终于在我们手里建成了
我们两手空空地起家
没有图纸　没有规则　甚至没有
梦想　我们有的只是一堆废铁
和我们曾经折过纸飞机的双手

我们从古籍文献中寻找会飞的动物
它们都有翅膀　它们都吃同类
它们前行的方式总是在追逐一个目标
将目标变近变大　然后变成食物
变成繁衍后代的营养品

我们又从向前运动的族类中寻找可能
巨大的身体只能靠巨大的下肢支撑
缓慢地行走与缓慢的心跳
组合成庞大的家族　进化和异化
终于没有走出雨林的世界

我们期望中的空间站一定是
一座典型的城市　所有的动物
在这里和谐相处　没有矛盾
没有争吵　甚至没有欲望

歌舞升平　阳光普照

我们不想过着颠沛流离的生活
能够杀死动物或者杀死人的武器
已经远离我们的记忆
勤奋中的收获布满了家园
包括那些熟睡在襁褓中的孩子

我们的空间站有足够大的空间
站在空旷的天地间　没有语言能
描述它的外型和内容　从梦想
到现实　再从现实到梦想
我们一定在前进　一定在奔跑

2009.7.23

沿街挂起红灯笼

那时我们都在回首往事
兴奋和激情四溢
旧式的棉衣勾起了
母亲用粗糙的双手
熨平每一个角落
沿街走过的路从弯曲
到直线　从泥泞到平坦
心情也在不断地改变世界

沿街挂起红灯笼
曾经黑暗的房檐
也被映得通红灿烂
用炒面充饥　用棉籽催乳
用一枚铜板炫耀的
日子　似乎越来越远
我们总在梦里回首往事
我们总想站得高一点
更高一点

成群的小鸡围绕着
从容不迫的母鸡走向沿街
成群的鸽子在天空中

飞出自信　哨声悠扬
花甲岁月的人们相见了
握手　拥抱或者互相问候
能让时间停留片刻
让目光在一朵花上定格

刚刚长出花蕾的脸注视镜头
我们还没有意识到
昨天和今天会顺流而下
下一季的收获还未享用
另一季的忙碌　已经
悄悄开始　沿街的小伙伴们
都消失了　沿街的鞭炮声
渐渐响起　红灯笼如梦如幻

2009.10.12

双人舞：爱与恨

不需要多余的叙述
两个陌生人在历史的空间里
相遇　爱恨情仇
电光石火　肢体语言将整个舞台
拉近　再拉近

眼睛已说出心底的秘密
旋转从一个拥抱开始
五个手指分出长短　分出优劣
距离拉开
爱的命运走向峰巅
接受洗礼和承受
水乳交融

大雨落下　一片黑暗
相依相偎的灵魂
在高低不同的位置上
挣扎　跳跃　翻滚
想飞的姿势
穿越了时空　在树上
站成仇恨的对视

两个普通的陌生人
在一个历史的空间里相爱
又在一个风雨的夜晚里仇恨
滔天的巨浪　只在一个造型中定格

2009.11.5

飞 机

只有人类才知道飞机的样子
只有在冬天里体验
才知道飞翔的奥秘

通过车窗移动的那么自如
是速度和许多温情的笑脸
而微光中潜行的是积蓄许久的能量

若想通畅就需要一点一点攀爬
不要因隐忍而肿胀
克服恐高心理　克服偷窥幻想

以最舒服的姿势迎接飞翔
腹部那么多经络穴位在等待
重要的是保持心理健康

太阳终于升起来　在斜上方
记住三号　记住无邪的眼睛
天空与胸怀原来如此辽阔

2010.1.13

弯刀与尖刀

从地平线的下面升起来　太阳就认真地
照耀在弯刀和尖刀上　两把不同的刀
是两个不同的民族在这个世界上　将要说的话
凝聚成站立的身影　弯成月牙的轮廓
弯成河流的脊背　弯成俯身冲锋的姿势
留下的是血是泪更是生存和生活的手语
还有那把尖刀　脱口而出的是疾风暴雨
直接而短促　尖锐而彻底　没有退路
更没有后路　尖刀出鞘的时候　天下一片宁静
人们等待着的只有一个尖叫的声音

弯刀说话的时候正是春天开始
万木峥嵘　鸟语花香　但是弯刀却不满意
那些自由生成的生命　弯刀要以自己为轴心
转一圈　将一种弧形的思维摆在面前
让人们认可所有存在的平衡
弯刀垂下眉毛　也垂下嘴角　弯弯地
等待春天里最动听的鸣叫和最无助的呻吟
弯刀割开了皮肤　血液顺着刀锋流淌
一个古老的村庄在一夜间就被弯刀
变成了一个符号　历史的笔尖
颤抖地记下了这个符号

尖刀来到这个大平原的时候是五百年前的
那个蝗灾之年　铺天盖地的蝗虫们仿佛在
过狂欢节　粮食也在一夜间变成空壳
尖刀走过木桥　尖刀要让青山绿水
写出人类的赞美诗　于是尖刀直接冲向
最华丽的宫殿　找那个长胡子的人
讨要说法　尖刀被冷落了　尖刀不知
有多少尖刀们隐藏在暗处　虎视眈眈
寒光闪闪　尖刀听到了远处的风声
风声中呐喊声如潮水一浪高过一浪

弯刀落地尖刀也落地了　农历的春分
打湿了所有睁大的眼睛　大地已经苏醒
不过弯刀是躺着的　而尖刀却在站着
微风中　尖刀的飘带飘扬起来

2010.2.22

列车上

六月五日凌晨　我就是在列车上写诗的人
平稳的Z52一路都是这样不紧不慢地前行
没有任何故事　也没有任何梦想
一觉过来　天已渐亮　卧铺包厢里依然是
发车时的样子　四个铺位里唯我是进京
办差　而另三位则是在淮工作　回京回家的
目的不同　方向不同　却可以同一趟车
同一个包厢　那些临水的习惯
那些歌声中的欢乐和愉悦　可以不分
昼夜地降落在每一个人的脸上
列车的脾气改善了许多　早已不是粗鲁的了
记忆中那些金属铿锵　震裂骨头的故事在淡然
温情如绅士的微笑　远离故土的迷离
接近目标的渴望　这只是在北去的列车上
我面对凌晨的习习凉风和车窗外飞快掠过的大地
清静和安详　可以平躺在上铺　戴上耳机
看着电视屏幕上播放的赵本山范伟的小品
烦恼在这里停止　观望　纠结　愉快从
这里悄悄开始　拉开窗帘　天色渐渐透明地射进
包厢　背景在预料中变得越来越清晰了

2010.6.5

与陌生人说话

阴天的时候　手心会出汗
一夜的小雨只湿润了记忆的台阶
陌生人每天都出现　陌生人
从不说话　影子覆盖了前进的
道路　沿着手指的方向
你会看到从未看过的飞鸟

上海故事　原本就是一个静止的传说
想象那些缠绵曲折
每一朵飘逸的芦花
走到尽头的许多梦想
医为陌生而走来　又会以一种
担当而成为宽阔的湖面

远离喧嚣是生活的态度
在安静中默默地流淌
在陌生的相处中一点一点地站立起来
一点一点地点燃心中的灯火
谁在水中戏鱼　独享着
沸腾而辽远的诗意

你的指纹正顺你手指的方向

表述着传说和故事
无人能读出你心中的波澜
只在激情来临时刻
使自己变得强大和勇敢　变得
陌生和亲切　变得秋水无限

2010.11.11

离　别

听说你将离别　带着一个人的思念
到没有人的地方　梳理受伤的
翅膀　依人的小鸟轻声唤着
秋天里飞舞的芦花
覆盖在赤裸娇小的胸上

没有回应　也没有消失
远远地看着　被笑声屏蔽了许久
又被歌声牵回到童年　小鸟飞出
掌心的瞬间　冻结了所有场景
包括动人心魄和无语凝咽

飞翔是迟早的事　柔软的羽毛
已遍布全身　只是不能提及母亲
不能有任何故乡的信息
在一个有辽阔胸怀的地方
你会筑巢安家　删去记忆

你的泪眼永不睁开　就像
一年消失两个月的候鸟
在灰白色的天空里不想留下一丝痕迹

穿越人群　更穿越水中央的钱码岛
将你小鸟的微笑埋在无名的生日里

2010.11.12

海棠依旧

海棠没说什么
海棠站在门口
海棠的天空下
只有一粒种子
和那朵风尘中
阵雨后的无眠

在偌大的城市
海棠随风飘游
巷口从南到北
转过街角小店
失落地落下来
没有手能接住

神秘的手语中
有颗心在暗示
贴着右边寻找
终会看到海棠
匆匆的腊肠狗
灯下曾与相伴

回到老教堂旁

小雨悄然落下
砖石街巷很静
压抑着小松树
海棠曾经来过
微笑掠过窗子

妈妈已经走了
八年或者十年
那双沧桑小手
摸过海棠的脸
只是泪花闪过
被叹息声淹没

风中一个女子
日子镀过黄色
远离故土乡音
灯红酒醉高楼
什么都不用说
但愿海棠依旧

2011.2.26

在西行列车上

十品正在行动
乘坐T112次列车穿行在去往西安汉中的铁道线上
共和国的大地渐渐走进黑夜
摇晃着
躁动了一天的灵魂开始入眠

移动的窗口　一双追光的眼睛正悄然打开

2011.4.20.（手机）

蓝色曾经开遍我的记忆

那里是花朵出没的地方　那里是
野兽磨牙的地方　那里的故事因刺激而恐怖
那里的惊艳因诱惑而迷惘　一个无名的山头
隐藏过千军万马　轻轻地用手拂去　仅落下
一片失语的沙粒　河流走过的地方
生命就留下足迹　奔跑在风吹不到的
梦境里　承诺就显得那么重要那么给力了
神秘的蓝色就从这里开始　如滑动的丝绸
从我的额头向下　穿过丛林　翻越沟壑
清澈的湖泊让这个世界成为两个天堂
蓝色浮出水面　蓝色迎着阳光
最生动的银鱼也是这么离家出走的　跃出水面时
没有忧郁的水滴和失望的告别
向下是最高的山峰　一生中最不可忽略的名字
就刻在这座山峰上　所有的语言都出自
这座山峰之下　沿着曲线飞翔　所有的花朵
依次开放　蓝色的纯净浸染了视野的
每一个角落　能听见歌声就能听见野兽笑声
能种植光明就能熄灭黑暗　在记忆里
从我的额头开始想象　从每一朵蓝色的
呈现　到每一滴流经蓝色的希望
都将印成明信片　风吹到那里

就将我带到那里　直到记忆褪去颜色
直到梦境成为一具干尸　遗忘在时间的沙子里

2011.5.11

灼　伤

我的左手被你灼伤
那个下午多云　本没有强光和火焰
一路穿过田野　心乱如麻
兴奋总是不在一个节奏上
小心翼翼地签了字　也不知
能否有结果　天空依然是灰蒙和慵懒
依然是沉默和窥探　原本轻快的脚步
突然涩了起来　悔意成图
已是祈祷的春夏之交了
一个电话接着一个电话
雨声渐大渐紧　仿佛不再晴朗
仿佛大声说话都无济于事
我的左手在流泪　我的心跳
被巨石压着　不能放开
更不能被幸福簇拥
成为最美丽的公主　一切都在慢速
播放　又是那么急促空转
看着无奈的南方焦虑不安
我的左手真的被你灼伤

2011.5.17

灵魂出没

第一节车厢的最后部分
带着各种气味的各种人
以静态的方式做着自己的事
老的老　小的小　男的男　女的女
陌生的环境里相视着
然后走动着　旁若无人地
吃着自己的东西
抽着自己的烟

镜头翻转　黑白颠倒
灵魂都流了出来　部分男女长幼
依然相对无言　流动的更飘忽
更静态　更无规律
灵魂们没有恶意地交融在一起
直到天黑后散去

2011.5.21

回　声

——悼念诗人维庸

我再也听不到你的声音了　包括天堂里的
回声　远远的我只看到蝴蝶和画眉鸟在私语
失去体温的目光在一点一点地离我远去
你说过　你会到我的洪泽湖来看荷花
可刚过秋天　北方就萧瑟冷峻得逼人
被泪打湿的诗歌中比目鱼的视角最锋利
相信死神会远离你　远离你执著的回声

2012.11.5，11:53

一起倒下

透明的晨风没有一丝尘埃
欢乐的小鸟决定起飞　从晨练的人群中
篮球跳起来　用所有人都可以接受的语言
表述心情　表述爱的无限
突然　天就黑了
我的左脚与我的篮球
同时折断　一起倒下
我的奔跑的小鹿奔跑的羚羊奔跑的豹子
从影片的开始到结束
都是那样健康　生动地高高跃起
少年的风声还停留在幼稚的脸庞上
没有结束的梦已无奈地远去
我的倒下去的篮球和我的左脚再也不能抹去天黑
再也不能推开重重的大门了
初秋的晨风总是清纯如媚
每一个奔跑的生命都会灿烂无比
包括我和我的左脚
我的曾经飞翔的姿势
我的倒下去还会跳起来的篮球
橙色总是在晨风中一次次悄然升起

2011.9.1

小于一厘米

小于一厘米也不是最小的　即使
越过毫米也还不是最小的　那么
一滴水的内容到底会丰富成什么样子
包含的分子原子粒子电子质子
还有那些不属水的其他成分　或者有生命的
脱氧核糖核酸　细胞　表现性别的性元素
一滴水的落下不会惊动蝴蝶
却会震撼世界　再大的物体都是
一滴水一滴水的叠加和延伸
再小的物体也是一滴水的分解和递减
一旦赋予了生命　这个世界就会如花一样
开出灿烂的色彩　一旦赋予性别
情感的洪流将会决堤　四溢漫延
雨后的风铃在窗口轻轻摇响
醒来的秋虫还未到达歌声的尽头
小于一厘米　小到能感觉到的位置就停下来
听一棵树成长的曲折故事

2011.9.28

乡情失去季节

乡情失去季节　爱情也就迷乱了方向
顺水而下的小舟辨不清美丽的夕阳下
是否有一双钟情的眼睛
看着渐行渐远的背影
心酸的粮食在城市的餐桌上彻底改变了
原有的形象　由主食变为副食
由打工妹成长为小三　一切都在顺水而下
一页一页地翻过去　日子为啥那么长
一张一张地撕下来　已没有新鲜的水果
摆在床上　摆成春天来过的样子

2011.9.28

江　宁

清晨的话语穿行在竹影中
摇曳的微风拨开竹叶　诉说着遥远的
海流与魏晋风流　石头城下
杯觞之间　才华高筑的名士广袖
一篇潇洒的文章　可以让仙鹤
三年不鸣　一部飞扬的圣书　可以
开百代宗师　文化的青苔深深地
附着于民族的心灵之上　仅仅用风
轻轻拂去尘埃就会重现光泽
重现丝绸一般的滑润与锋利

清晨　我从梦中醒来　穿过青青的竹影
不以长袍宽袖的红色感觉这微风
而是以嫡传的细眉　读遍江宁
不常提起的丹心热血涌上额头

2011.9.29

爱在深秋

从寒风　从暴雨　从春天开始
一切的岁月都化为无言的搀扶
化为溶于水溶于血液的相知相思
清晰的经络中曲折着生活的小路

相濡以沫地在深秋里再次依偎
回眸时　一瓣瓣愁绪不知飘零何处
待到漫山遍野的青绿升上窗棂
便以人的形象塑造成爱的典故

1999.12

都市庭院

有一种飞翔的感觉
从脚下升起　越过丹田
越过所有人的视线
悬挂在诗歌的侧旁　春天
就是这样流进我的心间

绕过繁杂旧灯　也绕过喧嚣的
市井俗事　将自己轻放在
宁静的夜晚　随水的漪涟
涌动　听第一声鸟鸣
划破夜的皮肤和黑岩

有梦就从这里打开
风声　夜语　薄雾　星星
一旦定格　就是最美的容颜
飞翔的感觉会将我带走
带到很远很远的眼前

2012.6.21，10:15

南通一夕

沿濠河风光走下去　移步换景
一组一个故事　夜幕下的霓虹灯
在轻声地讲述着昨天　今天　明天
文峰是一个主题词　从宽阔的高速路上
一直写到老城区的街头巷尾　可惜
最多最普通的存在也是最易被忽略的字眼

逾越大江已是件快乐的事了　苏通大桥
绚丽的轮廓装点成美丽的当代童话
让箭穿过时空的时候也穿过现象
默默地绕居住地一匝　曲径通幽处
失去了许多神秘　在闪烁的眼睛里
看到那些尘封的忧郁和遥远的哀怨

长江的浪花拍打在北岸上　溅起了许多往事
近代文明的火种由一个前朝举人点燃

2009.2.11

秦淮一夕

就在百年前的一个夜晚
摇曳的烛光里　更摇曳着
一个清瘦的身影
一曲幽怨的箫声

走出小楼的时候
也可能就是走在甲板上
走出历史的时候
却已走进了诗里
手绘的团扇中静卧着
无腿的蝴蝶
有谁还记住最后一个
明月的夜晚

2011.4.1

在音乐声中写一首伤感的诗

慢慢的音乐响起　让河流在小溪的后面
留下一串音符　然后一个大跳一个快板
语言就失去精彩　穿过森林穿过石头和天空
抵达凤凰栖息的地方　小鸟终于叫出声来

细细长长的乐声让我的心情弯曲成一条
弧线　弧线的那一头有小鱼游来
圆圆的眼睛　穿着花裙子和格子衣衫
吐出的每一个泡泡都是一个短短的传奇

从冬天到夏天　从绿色的庄稼到扬起的船帆
我会轻轻打开你的胸怀　我会从你的记忆中
感受你曾经的温暖　与这个世界并存
与离去的微笑并列成四季绚丽的色彩

音乐还在流淌　像血液一样流进血管
又像血液一样抚摸我的全身　抚摸我伤感的
眉毛和泛黄的翅膀　晚霞久久地挂在窗户上
不知不觉的时光中　我送音乐走了很远很远

2011.11.3

浮　萍

天上之水载着你漂来　着一身的清纯
读深处的艰涩和冷漠　大风中狂躁的小雨
把你的羞颜洗净　你一双透明的眼睛
在初春的阳光下溢着灵性　最不愿夜晚的
星空　想象美丽穿过星河　遗忘在身旁
没有根子的童年如同没有故乡的过客
每一道闪电划过　都会留下永远的记忆

2012.3.11.（手机）

油坊桥

地铁的尽头什么也没有　一个符号
记录着生命在这里汹涌澎湃　冲击堤岸
本不打算用自己的口说出那个秘密
每一次撞击都在心灵深处刻上一次
抹不去的印迹　坚定而持久　勇敢而荣耀
征服的渴望与八百枝玫瑰在夜晚聚汇
绽开出一朵鲜花飘入洁白的云层之上

2012.7.10.（手机）

听海顿的《小夜曲·如歌的行板》

一个清秀的姑娘站在窗前　一朵半开的花
站在海风掠过的地方　一幅可以叙述的油画
站在每个人的心里，随着跳动的琴弦
在明亮的节奏中飞翔　飞翔　飞翔

黄昏和黎明正在交接　纤纤的手指划过了
陌生的天空　没有谁的语言会如此轻盈
如此流畅地越过山岗　在茂密的森林里
将童话宣泄成色彩淡雅的旋律

长长的抒情从这里开始　跳动的心脏从
每一个音符上摘下热情　吐出温馨
让一种胸怀容纳爱的伤感　让一种
眼睛穿透恨的高墙　直到阳光遍地

阳光无言

——写给谷雨

出于一种信念　我把阳光
深深地植入皮下　那里有
不说话的人群
距天堂只一步之遥

即使在寒冷的冬天
即使没有一个硬币
即使那棵小树长过了
思念的高度　离开的痛楚
依然打开薄薄的窗帘

我会在路口眺望
那个有玫瑰芬芳的下午
那个有阳光濡湿的诗行
辽远的整个九十年代

当我抬起头来
风雨已经擦肩而过　阳光
穿过铁桥和那些
与沉重无关的金属
谁会更接近天堂

2002.11.30

鸟瞰南沙群岛

2010年6月9日，我乘国航A380客机飞越南海上空，飞越南沙群岛……

我像一只鹰　从容地飞到了你的上空
你湛蓝的如巨大的蓝色丝绸　随风舞动
将深蓝与浅蓝交替呈现　海鸟出现在最下方
缓缓地从我的怀里流过　我睁大眼睛
寻找着曾经流入我血液的痕迹
我鹰一般地抬起头颅　涌起的红晕
坚定着我先辈们的光荣与梦想　南海的潮水
可以湿透衣衫　也可以湿透头发和羽毛
却无法改变一个民族与海共舞的帆樯
我俯身向下　我要在你的脸上辨认出
我的每一次出航在岁月的皱纹里留下多深的
欢乐与感伤　蓝色的宁静　蓝色的豁达

我的双翼展开成胸怀　我在无边的海洋中
阅读着无数闪着晶莹亮光的岛屿　太平岛和中业岛
屈原礁　东坡礁　孔明礁　阳明礁　康泰滩
淡水开出的花儿　在海洋深处描绘着生命的坚强
在遥远的历史瀚海中　“万里长沙”的后面
接上“千里石塘”　每一块彩贝都浓缩着

灿烂的霞光　无论是风雨中高高跃起唐代渔船
还是巡辖南海的大明将军　闪闪的战刀
在蓝色的海洋中的那种自豪　那种激情迸发
郑和那艘勇往直前的“巨舰”　猎猎飘扬的
旌旗　当撒满宝石的南海一点一点地揭开面纱
早已成为帝国江山的一部分　感知每一寸的疼痛

我飞翔的翅膀　紧贴着你的面颊和你的胡须
南海的浪花濡湿了我轻轻的羽毛　我看见
星星一般的礁盘和沙洲　郁葱的草海桐
有着挺拔身姿的椰树　常在风中梳理着发冠
悠闲的海龟来了　带着海洋深处的故事
在五颜六色的珊瑚丛中　洗去硝烟的气味
红色在蓝色的背景映衬下　尽显鲜艳美丽
五星红旗飘扬的地方就是心脏歇脚的地方
耕海牧鱼　船头推开层层白浪　我的翅膀
与白鲣鸟擦肩掠过　海天之间融入阳光
海平线从我的上方开始下降　下降到
我伸手即可以触摸的地方　南海呀

我曾经渴望着自己像一条鱼　或者就是金枪鱼
游遍南海　把每一寸水温都保留在心里

把每一个岛礁和沙洲都刻在记忆的屏幕上
我的渴望终于没有能成为鱼而是成为了鹰
一只飞翔在南海上空　鸟瞰南沙亲近南沙
抚摸海浪的鹰　没有谁可以阻止我自由地飞翔
也没有谁可以让我的珍珠宝石失散他乡
我的宝藏遍及这片蓝色海疆　更有先辈们
曾经的鲜血和生命留下的绝唱　我飞翔在
南海上空　我把南沙群岛一一数遍
我与风在巨大的舞台上翩翩起舞　我让
失明的母亲站起来　听一听来自最南端的
海浪拍击礁石　贝壳滚动海鸟鸣叫的声音
听一听来自大海深处心跳的声音

我像一只巨大的鹰　从容地飞在你的上空
我的南海　我的南沙群岛　尽在我的怀里

2012.7.12

秋风中的钓鱼岛

今年的秋风比任何时候都寒冷
带着锋利的刀子　带着死魂的阴谋
吹向钓鱼岛　吹向一个委屈孤独的
孩子　失去母亲的怀抱　静静地
漂泊在大海的中央　它的几个姊妹
也都是那么瘦弱　那么无助　那么
泪眼蒙眬　童年的幻想被捻成细线
编织成渔网　追随着出海的人们
平静折断了　秋风卷起的狂潮袭来
推着浊浪　推着罪恶血手扑向珍珠
扑向钓鱼岛　清澄湛蓝的海水
一时间变得那么轻狂和蛮横

远方的候鸟已经启程　季节轮回
被阴谋的秋风吹乱了的头发飘起
漂泊多年的小船刹时辨不清方向
在恐怖的倭刀下惊恐万分　是谁
在海浪翻滚中仍能听见不屈的
呼吸声　是谁在九一八寒光中蒙羞
秋风吹起的太阳是那么的血腥和残暴
让骨头在生命之外寻不到家园　让孩子
在冰天雪地里看不见灯光的摇曳

一次次与亲人失之交臂　一次次
与噩梦相伴　从黎明到黄昏　从秋天
到冬天　从远去的枪声到近处的海龟

休渔结束了　秋天在秋风的逆行中
变得虚伪和失望　鱼群跟着渔汛而来
鱼群带着钓鱼岛的泪眼　匆匆踏上归程
祖训在行囊中还未打开　湿漉漉的
海水已涌进舱门　诉说和呐喊声
掀起巨大的浪涛　狠狠地摔向岩石
乖戾的旗帜与长角的虫子伸出魔爪
没有谁能够回避这个秋天　也没有谁
能够在这远离家乡的海洋中　度过
一夜的平安　鱼汛就是召唤就是号角
千船竞发　渔帆点点　在钓鱼岛的上空
唯有鹰　在秋风之上展开图强的翅膀

2012.9.25

流浪歌手

入夜的灯光　如女孩子们眯虚的眼睛
闪着迷人的诱惑　陈旧的音乐还在街上流淌
记不清歌手的名字　却记住了那一夜的疯狂
于是　车流闪烁　鸣叫低沉　随意而无意

曾经有一个平凡的童年　像无数孩子那样
奶奶每天寻找的目光　在众多的花朵中
一眼就认出自己的那一朵　沿途的红气球
悄然排成一行追寻季节的大雁　飞去

歌声高亢的顶峰　有一道裂缝已显现
只有一个无名的声乐老师感觉到了
他惊恐的眼镜后面　在寻声追踪着歌手
可歌手和歌声一样快地消失在灯光闪烁中

直到一天梦醒　而且不再有梦不再梦想
歌手的苍凉锋利的声音却依然停留在原处
每一天的夜晚　灯光依然迷离　找不出
拒绝的理由　眼看着在街上流淌下去

2013.1.9

读经的人

背景渐渐模糊　而眉毛
渐渐清晰起来　光线直射鼻翼
呈现出三百年的虔诚和恒定
读经的人　目不转睛地看着经文
正如所有的经文也在看着读经的人
一字一句　像锤子敲打的石头
也像走路的声音　向着一个目标靠近
光线从中午到晚上　温度从零上到零下
季节从春分到秋分　大地从无路到有路
读经的人穿过经文　在每天的早晨醒来
抚摸着洁白的羔羊　将手中的长绳
背到肩上　还有很多路要走
比如大乘佛归隐的日期　是不是
有一只乌鸦在引路　比如山上的鹰
是不是饥饿成一张纸　读经的人
看着经文看着天空　声音在水中流淌
传说却在记忆中被风撕碎飘散

2013.1.26

第二辑

坚持　忧郁　恐慌　迷茫　欢乐　信念
在沸水中尽情地展开翅膀
无数星光从梦里飞翔　谁也不能
改变一粒成长的种子　破壳向上的心

雨中街舞

因为锋利的小雨割开一片光影
忧郁的眼睛里　喷射出不甘心的目光
闪光的星星四处逃遁　失魂落魄
唤不回的孩子　找不出的柳鞭子

小小的蚂蚁走上大路　大路就是
为它们修筑的　无数无形的思想
走的是一个路子　不用飞跃高山
落下就回归了最原始状态

如果你不再居高临下地对待
那些对你有恩的人　如果你
还是那么一意孤行地使用缺口刀
一切危险　只有你一个人面对

而不是　我们大家在看一场雨中街舞
收获粮食的时候　也收获文明

2012.1.9

不再抱定终身

一条小河不知流了多久　才流到
我的面前　我不知它的源头在哪里
也不知它离开我　还会流向何处
小河总是沉默地面对一切　面对未来

我在小河边上　我没有未来　只有
现在　很深的倒影不断地在河水中
相聚又散开去　一条没有命名的鱼
随意地游来　吐一个泡就走了

我看见小河消失的时候　泪眼蒙胧
仿佛千年的委屈都汇聚在我的视线里
鱼和春天的生命一样重要　只是
一句温暖的问候　还在小河中流淌

小河在许多年后流成了一条大河
而河的故事还在延续　不再抱定终身

2012.6.1

像树一样站立

在冬天还没有来的时候　我便
一件件脱去衣裳　我要让那些经不住
寒冷的生命一天天萎缩成芝麻
我要让爱的种子从我的身体里
看到光明的春天　不用登在报刊上
褪去的花衣裳就不再回来　我只要
那些赤子之心就够了　我站立着
就是一个四季的全部　不论叶子飘向何方
我的乳汁穿过歌声　就不会嘶哑
我在风中　雪中　地震中都会这样站立

热爱春天的我和冬天一样充满活力
庄严肃穆原本就是我留给这个世界的剪影
还有许多不为人知的故事　用烈酒浇灌的
每一寸土地都会燃烧　把我站立的姿势
移栽到遥远的故乡　故乡就会泪流满面
母亲如虬藤一般的手只会让我更加坚毅
流过村庄的小河也不过如此宁静　刻在我
身上的铭文　还需要我读出它的声音吗
我的手伸开臂膀就有拥抱的感觉　在冬天
还没来的时候　脱去所有的忧伤

2012.11.14

看见的晚霞

远离喧嚣　关闭电脑和手机
在没有人知道的湖边　在一块大青石旁
静静地坐下　向着唯一的方向看去
晚霞悄悄出现　从红云的缝中
伸出几只白光的手　它不想抓住什么

看见的不如听见的多　很多年不曾打鱼了
木船的腿已失去知觉　桨还在网还在
打鱼人还停在渔歌的记忆里　晚霞
抚摸着所有的世界　从湖边到心里
一只鸣叫的青蛙已从石头上跃起　斜插入水中

没有人交谈的空间　留给失声的女孩
美丽的红裙子在风中是书法悠扬的线条
静静地看着晚霞　静静地等待熄灭
时间的密码里　高高的古帆船出现
由远而近　浪花清晰　向我驶来

2012.11.15

鲜　花

最美丽的鲜花总是在我视线之外舞蹈
清晰的每一根发丝　每一根睫毛
都会穿越历史　穿越我眼前的风暴
给春天一个承诺　鲜花手中捧着
每一秒钟的舒展　出现在高倍的镜头前
世界会停止　心跳会停止

飞出的色彩　鲜艳欲滴
从晨露中醒来时　阳光一定在抚摸我的脸
悠扬而沁入心扉的旋律就从内心深处
飘飘在鲜花之上　飘飘在梦幻之中
只一声公鸡长鸣　撕裂绸帛数丈

不需要刻意去造就春天的风景
画中的现实会在雨雪的怀里
感受着母亲的温暖　当我微笑的眼睛
从鲜花上看过去　那种动人心魄
终于会打开所有人的激情　一泻千里

2012.11.20

小雨夹雪

今年的第一场雪竟是这样与我们相见
祝福声很小　雪片大于雨滴　风
单纯而顽皮地在树林间躲猫猫
所有的心情迎面而来　针刺一般
注释着我们的影子　新的一年将至

坚持　忧郁　恐慌　迷茫　欢乐　信念
在沸水中尽情地展开翅膀
无数星光从梦里飞翔　谁也不能
改变一粒成长的种子　破壳向上的心
小雨细碎的语言正讲述季节的故事

一页一页地打开记忆　小雨与夹雪之间
我们有很多默契　比如爱情就埋在心底

2012.12.28

看不清楚

浓雾像流浪的巨兽　轻易地
弥漫了所有方向　从夜晚到
黎明　有多少冤魂曾经来过这里
有多少喜鹊唱过赞歌　还有多少
睡梦中的孩子等待日出时的一缕
阳光　一切都在悄悄发生着
从田野耕种的庄稼开始　大米已不是
原来的大米　大豆也不是原来的大豆
飞奔的车轮提升了速度　穿着的鞋子
提升了色彩　说出的问候提升了语调
一切都是那么自然　那么悄悄发生
高价拍卖的古玩是不能过夜的
受伤的北方正在雪野中艰难行走
看不清楚脸部表情和心灵深处

2013.2.7

春事即兴

那是一枚清纯的樱桃
微红着春天的风
口含着早晨的初露
那是刚刚返青的山坡
细尖的草地探出
奇异如梦的泪珠

那是飞上天空的雏燕
呢喃声中透着稚气
胸中正燃起柔媚的烛炬
那是家乡独有的小树
从眉梢舔出叶子
舒展的臂膀似玉

那是罕见的牡鹿　回眸的
瞬间　点亮我四季的嫩绿

迷　茫

路走了多少遍　没有走错的路永不回头地向前
可是　方向永远是迷茫的　杂草丛生
风吹过来　无爱的事件全部暴露无疑
还有那些有着滚烫生命的飞鸟　不断地
穿过天空　默默地将歌声撒在路上

在永远的路上　我没有看见你回头过
你压抑的那株小苗开的一定是红花
无情的雨天里　泥泞得超出想象
你的事件不会到此为止的　抬头看看天空
属于飞鸟一天就不要荒废　放弃就一无所有

2013.3.9

秋之风语

被热情包裹的秋天已悄然
发芽生根　“梅花”旋过之后就
露出阴郁的神情　包括连绵的小雨
叙述不尽的委屈　叙述不尽的离别

被陌生的电话吵醒　又被伤感的
孩子带走　一段莫名其妙的视频中
有个饥饿的老虎　孤独地走在荒原上
遥远的地方　呈现出苍凉而严酷的背景

被清凉的晨风吹过湖面　又被不安的
桨声提起往事　如镜反光地照过心灵
纯粹而纯洁的鸟鸣　仿佛昨天的记忆
那么清晰那么逼真那么义无反顾

被初秋覆盖的故事正在孕育着梦想
当一切都如愿以偿　站起来走出去就不是奢望

2011.9.1

触摸宁静

你的世界就这么大　就这么
通过呼吸得到安慰
静静地睡去　睡梦里
仿佛终身疲惫

月的媚眼在窗外招魂
清色几缕　混浊几分
从树影婆娑间上升
逃避一切摧毁

触摸宁静的地方
冰凉似玉　沁入心脾
残破的岁月夹缝间
坚强出一朵你的花蕊

时间是纯粹的更夫
忽隐忽现的是谁

酒后真言

我喝酒了　酒让我做自己的梦
我多么希望我的梦是彩色的
与彩色电影彩色电视一样
绚丽而动感　可以触手可得

我的梦里没有酒的故事
草原上飘着酒香　那是欢迎
远方的客人　我不停地奔跑
在我记忆的最深处停下来

我会以酒的名义　刮骨疗伤
杯盏之间　有无数的虫子出现
一会儿就让人间变成天堂
变成可以大声读出的闪光的名字

春天站在冬天的肩上　春天看到了
北方哭泣的孩子和忧郁的母亲

2011.5.24

梨花带雨

那时　站在江南的故事里回想
那时　没有多余的行囊和银子
那时　两颊如山峰一般瘦削坚定
那时　细雨飘飘湿润了所有心情

梨花出现的时候　我们都还小
日子像花瓣一样　一天一天地打开
洁白得让全世界只认识一种颜色
微风吹来　惊动了刚睡的蜜蜂

记住那个拥抱过你的人　记住
细雨飘飘中　那只伸出的手
那只长满裂纹　唱出歌声的手
温暖中的生命　都在一个瞬间醒来

江南的山水画中　细雨还在飘呀飘
湿润的眼睛里总是擦不去梨花身影

2011.6.3

渊深海阔

走出一个漩涡却走不出神秘的深潭
飞上一个高枝却飞不到翘起的脚尖
注定了一次疯狂就注定了血的代价
悔恨的眼睛永远盯住树皮上的目光

不管谁在那里呼唤　传出的声音
总是那么的羸弱　如豆腐鱼的交织
暗夜里的行者　不仅要穿过牙齿
还要与幽灵推杯换盏　挤出一点点笑纹

最喜欢的夜晚已变得苍老无比　没有
生命的动力　强烈的光线仿佛刀子
认真地将白皙的皮肤切开　血就慢慢地
涌出　然后幻化成一只会飞的蝙蝠

天下的智慧都在运筹帷幄中
却已是明确的楚河里阴森的可怖

2011.6.24

明日黄花

总是记起善良的小白兔在田野上
拼命地奔跑　它的恐惧它的危急
都来自于童话中的狼外婆　天黑黑
没有路　所有的光线都在树缝间了

一只很自信的章鱼走在回家的路上
路边的一切他都不屑一顾　忽然下雪了
他不为所动　依然走着自己的路
可是他怎么越走离家越远　似乎无法回头

麻雀的命运随着季节变化而变化着
他的春天永远是灰蒙蒙的　他的童年永远是
饥饿的　他的羽毛永远是褐色无光泽的
他的牙齿永远是可笑的　他的语言只有一句

我的画纸十年前就准备好了　我的视野
如我看到的风景不断变换　无穷无尽

2011.7.13

可是天空

可是天空不仅仅是这样的　有阳光的时候
比失去阳光的时候更有诱惑　并且更危险
有老人和女人的日子　往往多于有孩子
有希望的日子　雨季也不是雨的狂欢

狂欢的天空在很久很久以前就已远去
九头鸟和七色鹿永远活在传说里
活在沧桑缥缈的历史烟尘里　萦绕的雾霭
从仙人的口中吐出　在莲花上站立

站立成心中的佛祖　可是天空还没有
睁开眼睛　恐怖和噩梦雨一般地落下
舞姿还是那么绚丽　头饰还是那么夸张
一曲过后　到了清明　早起的森林传来鸟鸣

阳光深情地覆盖在曾遭蹂躏的大地上
伤痛正在等待失去记忆的人慢慢醒来

2011.7.19

洪泽水畔

越过水的人生　你会永远有福了
曾被屈辱　疯狂　泪水和践踏的昨天
伤痕累累的石工墙还是那般英武
坚守的岁月　如同金子浇铸的信念

千万过眼篷帆　从心中掠过
留下最深情的笑脸依然定格在
水的中央　风和船头的铁锔子
让那无名的老将军安然入眠

划一叶轻舟　与荷花荷叶亲近
嬉闹的鱼儿跃出水面　正看见你
那个红色腰带　数不清的网眼
细雨中渐渐遁去　渐渐变黄

一支木桨有多少故事还未讲出
水里就张开了翅膀　飞向远方

2011.7.20

徘徊太久的暮日

木鱼的职责就是敲响每一天的骨头
所有听见的人　都会在心里数着简单的
不能再简单的数字　想悟出一些禅意
可是禅意并不领情　直到鼾声四起小雨落下

有一些昆虫总是走在水缸的边沿处
以圆为中心　以前进为动力　日复一日地走着
暮日缓缓落下　生命悄然长出嫩嫩的芽
骨头的响声已显出拔节的勇气　露出青涩

飞向天空的不仅仅是鸟儿　还有无助的心情
万水千山的历程会在剑锋落下的时候
变得苍白无力　努力克制着那一天的阳光
手中握出的冷汗　顺着陈年缝隙流下去

徘徊太久的暮日疲倦而生厌　失去光泽
以骨头敲响的回声　告慰那些没有故乡的人

2011.6.15

石　头

可以歌唱的是你的胸怀
粗糙的脸上
有无情的风云历过
有嗷嗷待哺的婴儿出现

一切都那么惘然
走过的路有你的骨头排列
是无数飞蛾扑来
是一卷历史残片

石头　我的亲人中
唯你最是我的病根
水中打开了莲花
水中让我终身依恋

埋葬你于大山之巅
我会夜夜梦见你的容颜

1994.11.22

站在你的城里

站在你的城里
拐一个弯就是你的心脏
默默地只对你
将多年后的爱追想

站在你的城里
喧嚣就成了饰品和刀伤
挂在你胸前
每一扇窗子都会有鲜血流淌

站在你的城里
街道在夜间恐慌
胡须飘动处
如风铃奏出一片春光

站在你的城里
有福的除了我还有月亮

1994.11.22

岁月与星河

我不止一次地面对承诺
面对你属于期冀的夜晚　将手
旗帜般地覆盖在手心之上
倾听远离岁月的农事和麦芒

我不止一次地数着星星
南来北往的生命是你的轨迹
是你衔来的爱情　渴望
黎明的曙光

我不止一次地策马扬鞭
追赶你失落在旅途中的时间
贴近一颗伟大的心脏
我会使你温暖　使你飘逸如霓裳

我不止一次地等待着你
并将那永远的闪烁置于不可改变的额上

1994.8.22

美人蕉

在我记忆的深处　美人蕉曾多次
与我邂逅　美人蕉的动人红色
渐渐地流成一种血液　注入河流
秋天如期来临　烦躁不安的昆虫
已迈不开绅士的步子　而急匆匆地寻找时间
或者是一头快乐的天牛

穿越物质空间的同时
精神高地谁会去留恋　奔跑的姿势
始终是我的方式　是我唯一的逗留
用美人蕉的躯体　编织的图案
已成为流行时尚　媒体和话语
不断地刺激秋天和秋天的需求

我相信的血流　只会来自于我的记忆
我的灵魂中　美人蕉的艳丽就是理由

2001.8.31

到站了

你什么都没说就到站了
你想起一句重要的话
可是过了五个小时
却没说出来　你似乎
只剩下一堆遗憾和一件衬衣

你床头的那个小猪
你不想提及的小猪在憨憨笑着
冬天可能就从这张唱盘开始
小提琴声
穿过玻璃

你尽力地深呼吸
你让自己静下来　想清楚
要说出的话　不可能这么快消失
到站了就会变成泡泡

2001.12.22

灵猫一样的耳朵

不会因为听到诅咒就厌倦
河水的歌唱　童年的时光
正在打开着一把锈涩的锁
让我无法背对着你的双眼
和正在隐去的灵猫的尖叫

天幕上的红色印有情人的指纹
桃花一般地动人

确定了那么一种方式
我决定在所有的声音中生存
将喜怒哀乐都埋入红土
等待春天的歌唱
等待着歌唱中发芽生长的微笑

隐去的是灵猫的身体
而依然在听着的是与它一样的耳朵

八达岭长城

湿涯滚滚的车轮上醒了
蜿蜒的身躯提示人们

静听一个过程
从山岭险峻的坡度侧身而上
青筋暴起了一腔热情

向上的感觉替代了所有的不实之词
只是兵士踏磨过的青砖
在城楼上饥渴

阳光羞涩地照在攀登者脸上
猎猎的旗帜讲述苍凉的往事
以游子的心情摸着许多人摸过的地方

出神就可入画
出八达岭更可入画
而悲壮只是离开后出现了坍塌

1999.11.12

积雨云

厚重的脸瞬间阴了下来　多少天以前
我就有一种预感天阴了
就该下雨了　就该唱歌跑调了
潮湿的喉咙里
有太多的不幸　厚重得好比秋天

积雨云中　你的脸透着一层翳
你是这样看着大地

什么时候在你家里聚会
像蜜蜂或苍蝇积在一起
讨论温饱　讨论水源
有雷的声音跟在你的身后
你　满脸的愁云　一点点地下沉

积雨云外　是一片辽阔的胸怀
谁也没注意　雨丝密密地抽出来了

2000.5.10

锋　利

需要用很多时间
很多纷乱的时间来打理心情
打理那破碎的心情
需要这时间成为一块磨刀石
将粗砺的外表　磨成心中的锋利

我会用这锋利　切开面色
并且也切开黑色的肝脏

沙子的祖辈是石头
沙子在风中变得一点点瘦小
不再被家谱承认和想起
那么多阳光在我们活的时候
被浪费掉　漏得无影无踪

风是不需要锋利说话的
锋利在风的眼里软弱不堪

2002.3.10

裂　开

裂开的皮肤　血缓慢地流出来
流过雪山和高原　流过
古老的荒原　一片萧肃的季节里
一匹老马　梦游般地走过
没有留下子女　也没有留下痕迹

裂开的土地　在犁铧之下
努力地为一个童话而思考

裂开春天只分上部和下部
所有骑马的人都英勇无畏
刀光闪闪之处　没有哭喊声
没有用手指的力量　去劈开
一枝核桃和核桃的爱情

裂开的感觉从头顶开始
最后　还是从天而降从头顶结束

2002.3.17

疼　痛

为什么要把我弄得疼痛
说好轻轻的　怎么就不了
粗鲁得像一头饥饿的野兽　叫喊着
把我吓得直抖　兔子一样恐惧和疼痛
不给我一丝快乐的余地　我闭上双眼

我只是个兔子　在这个星期五之前
在弄疼我之前　我是一片空白

很多个晚上　我都这样看着星星
看着似懂非懂的书　想着自己
在那一时刻到来　幸福和快乐
怎样将我淹没　可是没有
我被疼痛　疼痛得失去了感觉

我只是个兔子　爱干净爱整洁爱笑
爱明星　我单薄的身子还盛不下这疼痛的重量

2002.3.20

流动与静止

从一张图片上飞过
我是那些迟迟不愿落下的尘埃
附着在谎言的脊背
渴望一场大梦
将我送到明亮的城市

飞翔的羽毛变红变软
风的泪眼迷失在路上

从一首歌的旋律中穿过
我被定格在装饰过的春天
大风没有吹动
只在指甲上留有暗痕
内伤会被我的眼睛覆盖

春天移动不了沉重的色彩
诗歌就在鸟巢中住下

2002.4.20

醉人的红

唯一的叶子　撕成两片
撕成人的样子　然后放飞
一片随江水漂流而下
鱼群追逐　浪花嬉戏
礁石上停留　被阳光暴晒

失去了水分的人形
却从脉络中流出血红

另一片　被一阵风吹起
向高空飞去　穿过积雨云
见到了神仙　神仙用酒
洒在叶片上　叶片醉了
通体透红　热血奔涌

许多年以后　两片叶子相遇了
两个人字　仍在生死之间徘徊

2002.4.21

生命在石头中

不论是如何的精制
在我的眼里　永远有写不完的
石头　那些属于粗砺和坚硬
缺少情感的东西　一时间
会从梦里　轰轰烈烈地涌出来

仿佛是一座山　巨大而沉重地
停留在我的手掌心　听不见尖叫
也听不见风声　只是胸中
总有一群奔腾的马　一群热血沸腾的
生命　在呼风唤雨

可是石头的过程会忽略这些吗
忽略了蓝天白云的风景却不可以
忽略脉搏的每一次跳动
被辽阔胸怀包容的一天
阳光仍会让它透明

我写着一群无生命的东西
我将生命在石头中磨擦碰撞
满天的星光映红了我的脸

终于听见了　听见细微的呼吸
从石头嘴唇和牙齿间悄悄地飞出来

2000.6.28

第三辑

胸中的郁闷载着动力　在无云的天空
想象猛禽的嬉戏　想象童年
以及少女站在小松树下吹动的风铃

光荣与梦想

直到你走了　直到你留下了后代
我才从云霞里看到你美丽的身影
最熟悉的乐曲结成我许多梦想

仰望山峰　那是我最初的欲望
在曲折的路上　我把意志折断成手杖
我把双眼镶嵌进失明的歌唱

我追随那些峰峦　峰峦叠翠的画屏中
起伏着母亲的呼唤　一声声
让我踏上故土　成为彗星的光芒

云霞里你的身影　在我书页中就是见证
问那些光荣的花园吧　走在我的视野里
就会通向骄傲的天堂

当一切都成为过去和未来　你就成了
我永远割舍不下　也永远完成不了的雕像

1994.5.16

镜子与灯盏

你眼中　我是那么近　云翳和欢乐
都是你心里的物品　都是定格在你
河边的肖像　青铜和玻璃的脸面

即使最小的信念　也会照亮历史
光辉是无情的刀子　把许多人从镜子里
剥离　谁能说这不是又一次历险

给予的痛苦已长成小树　树荫浓郁
遮不住如豆的光亮　射到黑痂之上
就有阿拉丁的咒语　飞走了去年秋月的小燕

灯盏撑起的文明典故　不断地影响着我们的
生活和睡眠　划破梦便流出咸涩的液体
我在门外等待着你的细手纤纤

磨光你的过去并不意味能够点亮你的现在
生生死死中我该怎样面对一株瘦弱的青莲

1994.5.27

羽毛与鳞片

不可伤害的真理是飞翔　是逆流而上
自曰自在的泳姿　千百年来维系生存的
不可改变的习性　我为你热泪横流

轻柔的羽毛　轻柔地失去重量　轻柔
是我征服天空的铠甲　一片一片的思情
只要周身有水　失去的必是皮肤以外的污垢

正如不能离开鳞　覆盖着我的胴体
珍藏着我的智慧　不受侵犯和溺爱
以冷血的形象　将飞翔的权利永远保留

迎着风暴　迎着海啸　拒绝一切灾难
把悲愤作为食物　分解成营养　我
就是这样地活在世上　使唯物论者不朽

不离开天空　不离开水　不离开多情的羽毛
血肉的鳞片　直到我成为你不可多得的情侣

1994.5.26

漂流与记忆

随水的行为是祖先的本能
绿草和藤萝让我走到今天
看着朝阳升起　也升起了我的向往

赤足于那些漂流之中　我可以得到
温馨的抚慰　就如舔干羽毛
和伤口的血迹　成为不朽的形象

而我力所能及的就是记住历史
夹杂在书页中的虚构时时在涌动
随水的行为会不断地接近凤凰

只要走在那条路上 我就会把手给你
我就会让心溯水而上　承受那些
苦难岁月的冲刷　一块块卵形的思想

记住你就记住了迁徙的路　漂流中
我会把关怀酿成粮食和酒　永远分享

1994.5.11

生命与月光

月光的柔情是脸上的花吗
淡蓝色的浮力托我渡向彼岸
没有桨只有篙　只有千年不沉的船

是灾难你就撒向我吧
高塔耸入云天会有风儿的腐蚀　会有
鸟儿翩翩　蛙鼓以金属般声音向前

泄在你身上的月光流动着水声
潮起时吞没一切　记住了那个夜晚
抬高的河床让我穿过迷人的魔滩

不断地吮饮圣泉　不断地以
生命的方式侵入我肌肤　成为我
终身不悔　终身得以翱翔的青山

阴晴圆缺中诞生的黑骏马
在你梦里飞奔　在我心中呐喊

1994.5.24

喧嚣与沉迷

走在这城市的一角　没有性别
只有类别　只有音响和画面组成的
子弹　穿行在耳朵里　穿行在眼睛里

往事不在市场上出现　城市的砖块
在一点一滴地顺着额角流下　如果
要求输氧　还是开始于摩天巨人的昏迷

即使走在和平的氛围　和善的窗子
平坦的街面　总有被战争推销的危险
就像萨拉热窝和戈拉日代一样经不起游戏

霓虹的喧嚣只在诱惑中徘徊　美丽
姑娘的长发迎风走来　鲜红的酒在杯中
已化为欲望之火　渗入感情就沉入海底

走在这城市的一角　自信就布满了脸庞
无论仰视还是俯视　雄鹰有一双自由的羽翼

1994.5.22

土地与母亲

岁月绵延　土地沧桑地看着我
无言地袒露着黑色皮肤　黑色的
绳结里　我在阅读你受灾的肝脏和腹部

夜深了　母亲那双颤抖的手还在
抚摸着我熟睡的脸　童年里找不到的
印象　也从肋下生出幼芽和弯弯的小路

翻卷开土地　一层层地翻卷　没有怨言
似乎血也没有　褶皱里渗出的是汗和泪水
待到雨季来临　舒展的青绿才向我倾诉

母亲呀　深陷的眼窝是命运的灾难吗
从你土地里站起的庄稼棵棵茁壮
就像你的儿女们　你的故事里精灵的鹧鸪

如果有一天你不在了　一切都从土地的
绳结里消失　我们还怎样接受你殷殷的哺乳

1994.5.28

太阳与少年

在那些孤傲伟大的天穹里　那些
天象诡奇有许多温暖和理解　我
站在你的下方　享有你巨手的忧伤

不论在河水　或是在星际的夜晚里漂泊
湿润和欢乐抚慰我脉博　使我跳动的
是你的爱　是你经久不息的光芒

即使在沙漠的中央　在狂躁与干涸的下面
我都信任你的关怀　托起你
托起苹果　是我最初的渴望

青青的生命　青青地长满星球
我目睹了你被伤害的过程　你每次的悸动
都将是我无法复制的灭亡

站在你的下方　站在你的触手达不到的角落
我赞美你　并接受你最后的点亮

1994.5.21

死亡与更生

每一次从你的耳边穿过　都要目睹
一次死亡　每一次踏上你这片土地
每一次都要接受国王般的洗礼

每一次的窃窃私语　都像细雨
从南方飘来　虽然只湿濡腹部
每一次的亲吻都是漫长漫长的旱季

每一次的濒临绝境　都要与死神
相视一笑　把真诚的左手伸出
每一次都以失败迎取最终的胜利

每一次的破浪前进　都要受命于
风中的女神　吹过一千年的心脏
每一次都像猎猎飘扬的旌旗

每一次的爱情　都可能成为延续的种群
都可能在你身上　获得更生的契机

1994.5.16

灵魂与肉体

真真切切的动物们　游离了真真切切的
肉体在我的心中定格　红色的布
已在灵魂的轨道上滑行　在旷野上奔跑

风吹来　吹来海边的寒意　你都是这样
面对我沉默的双手　你不断地交给我
心脏的剖面　那是一片可以深恋的泥沼

我们的肉体都是这般单薄　只要一次耕耘
就会体无完肤　脆弱的处女地在男人的
犁尖上流血的过程使我们悲壮而自豪

灵魂　灵魂的裂变总要撼动善良的情感
在不可分离的空间里　接受你的嘱托
接受你解剖我成为人类标本的尖刀

让风吹来　所有的赞誉　所有的诅咒
雾中航行的船呀　让我为你真诚地祈祷

1994.5.30.

圣杯与宝剑

点燃火把　让我照亮你的温情
为了那贯串命运在岁月中伫立的圣杯　我
探寻你　踏入多彩的生命之门

手执宝剑在洞穴中前进　暗夜里
微光把我牵引　脚下有石头尖叫
耳旁有滴水灼烧皮肤　钟乳石有形也有神

许多次的少年豪情都淹没在你的胸怀
幽暗中我看见耶稣唇边闪亮的圣杯在哭泣
宝剑的英勇不屈是我的品质　是我不灭的星辰

抚摸着石头　苔鲜滑润着我的手指
洞穴在倾注着我神经末梢的感受　就如
面对情人　我落入了最后的贫困

圣杯在你手里　盛满的酒闪闪耀眼
用火把点燃头颅　让我在燃烧中销魂

1994.6.1

石头与歌唱

请看吧　给予人类的每一块净土每一座塔
每一个角落都有石头在歌唱　都
匍伏在性欲之外　体验着灾难的承诺

尊敬的岩画　鲜血流淌的野牛睁着
绝望的眼睛　锋利的箭簇穿透赤裸的
躯体　死亡的洪水漫过石头陷入漩涡

无法打磨你的品格　石头沉默着
面对阿兹台克的太阳　面对玛雅人
聪慧的大脑　你作为诺亚方舟开始了孤独的漂泊

站立着　站立着　复活节岛上的血脉
以一种歌唱的方式　让我泪流满面
让我拍着你优秀的灵魂　开放成不朽的花朵

石头充实了我的空间　就如充实代代相传的
灰金字塔和黑圆明园　充实了文明之页的羞涩

1994.6.3

老橘子树

橘子树老了　只结两个橘子
两个相同的橘子在落雪的
日子里还依依不舍地挂在枝头

时间一天天远去　河流一样地
流过手指　流过衣裳　流过
橘子树　以及树上的两个橘子

他们都无话可说　站着就如
跪着一般地看着远去的人
是什么声音永远地停在那里

停在橘子树上的四季轮换着
穿着新衣　在它身边的小羊
还是成了远方的红线　远方的寄托

无言的两个橘子　依恋着旧情的堤上
浪漫时打开来　梦就成为一次现实

1999.2.19

微雨似梦

蒙蒙的雨中我醒来
是谁扣着我的窗棂
撒一把独语的心情

南方的廊桥直穿腹部
一切苔藓都在蓬松
都在回想着欢乐的风铃

有人在微雨中哭泣
因为失去了羊和牧羊鞭子
失去了尾巴就失去光明

奔跑的马儿出色无比
起伏如波浪远逝
蹄声击打着和平

我恍惚地走向这个早晨
梦呓般地陷入泥泞

1999.8.17

风 季

只是为了那永远也说不清的
邂逅　我伫立在喜鹊的位置
让风一遍遍地吹过

默念着最后的诗句
想那花开遍野　并且浸入
我的体内　激起轻波

蓝天白云下有污秽侵蚀
大气的暖流敲打着青铜大钟
初秋越过海面　滑翔着离别的挽歌

从北方走来　带着豪情壮志
将山脉与森林的嘱托
化成飞向净界的仙鹤

世界原本就那么小　永远说不清的
还有洞穴　还有草地　还有山河

1996.9.1

雪　季

无数只飞鸟从天空飘下
羽毛轻拂我欲睡的眼睛
在土地的梦里营造着童话

青梅竹马的孩子穿着小袄
红肿的手相互搀扶相互慰藉
雪地上留下微笑的残渣

那些耐寒更耐得住寂寞的生物
披头散发地将自己的坏心情
挂在白桦林的老枝丫

被覆盖的日子还在延伸
谁最早醒来谁就是朋友
敏感的叫声就不会一夜间沙哑

阳光的掌心里一切都赤裸着
只有阴谋在黎明前被枪杀

野草莓

不经意地踩到你的脚趾
惊出一声“呀”　一个泡泡
悄然浮出　你会想我吗

默默地企盼太阳升起
白云也掠过花蕊　掠过
圆润的臂膀　还有那青嫩的柳芽

如果没有春风的消息　我不会
恋情依旧　将箫声向着南方
吹响　吹出一幅湛蓝色的油画

土生土长　素色的脸庞
要说明一个真理　走到哪儿
不会失去的除了血脉　还有红霞

野草莓是我少年的象征
野草莓是我种植的庄稼

1996.9.4

野玫瑰

是野性的操纵　泛着野性的
青灰色　无所畏惧已成了
这漫山遍野的木本　是你的树

只有野性才是真正的源头
夕阳晚唱里　透着清风
透着田野给予的空间　是你的路

风雪中显出你的英雄　浓雾里
走来野性的花朵　生长在杂芜中
超越岁月的根茎　是你的书

轮回的季节牵着轮回的亡魂
下了歌台又上了舞台　可谁人能知
野性的近旁有一句叮咛　是你的雨

用爱拥抱着大地　用野性
净洁着糜烂的空气　是你的亡夫

1996.9.4

挖　地

土地是最大的宝藏
父亲带着虔诚　用金属的工具
用深情的手和脚挖下去

可怜的孩子呀　眼睛里
被一种力量吸引着
在心中与时光相聚

家园虽已破败
宁静如一张黄纸
聆听远方的和风徐徐

在我站过的地方
已没有祖先的气息了
庄稼的忧郁在沟渠里过滤

我深信宝藏的纯色　深信
劳作是母亲唯一的割礼

1996.7.29

播　种

农历的土地春意融融
黑色燕子把爱情点缀成宝石
也把少年的寄语携来

揭开一页　我把喜庆迎进门
雨天感受你轻声的呼唤
晴天牵着你的小手看海

犁开你　犁开处女地
热血畅然地流遍四肢
田野的希望在节气中打开

阳光铺就的道路　从脚下
开始舒展　播种进身体的瞬间
你的快感会将死亡掩埋

祖祖辈辈的姿势　正把
年年岁岁的生活灌溉

1996.8.22

隐　秘

那页粉红的窗纱是秘密的膜
在隐秘的后面窥视
窥视幻觉出没的手

从洪泽湖边走过
领略了浪涛拍岸
使一种心态酿成青色的酒

白帆是叶片飘飘
候鸟飞过的划痕
深深地嵌进水流

踏着歌声而来
风吹着芦花的归宿
在滩涂之间仍没有斑鸠

凝视着那将离的窗纱
有多少往事涌上心头

1996.8.20

科　学

无需寻找的真理在这里面
风云变幻千百次　我们得到的
依然是不容怀疑的定理

科学让我们远离了愚昧
茹毛饮血与结绳记事的勇气
在石头的深处并未失去意义

可是　科学毕竟是所有的明天
巨匠们刀斧笔墨下的血泪
已经浸染了八千年文明的旗帜

从简单的公式开始　尖底陶瓶
越过平原　越过心灵的高度
抵达未来的遗址

说:“人类一思考　上帝就发笑”
说:“没有逻辑的证明　就是没有眼珠的上帝”

1996.6.30

神　学

越过教堂的穹顶
骑着马　只带一部谁也读不懂的
圣经　流浪在诸神出没的山下

你想听到的是非人的声音
高低参差的和弦在空中飞舞
蝴蝶攀上了危崖

天书呀　像雨一样斜落在眼前
以诱惑的玫瑰色袭来
羊皮纸如夕阳的信札

你心里明白这是为什么
总有一种力量在驱动着风
遍及那冰冷的海峡

上帝在人类的笼中是慈眉善目
人类在上帝的心中是新鲜的早霞

1996.8.15

红嘴鸥

多么想知道你的名字
多么想认识你　在眼睛里
飞来飞去的是你匆匆的倩影

想必雨夜中的故事就是梦
一滴一滴地溅落在窗上
流浪成花朵般的莲心

季节不断地改变着你的羽毛
让春天停在你脸上很久
并长成树　牵着五彩的云

最美丽的微笑就是笑成
诱人的三角　终于有一天
在音乐中拥有你　拥有你的长裙

太阳照过的土地是成熟的标志
把期待寄托在乳峰下轻吟

1996.8.19

蓝翎雁

像一盏灯　飘浮在天空
像一叶帆　翱翔在海面
像一瓣落花　定格在风里

走不出雨季的是蓝色碎片
走不出河流的是迁徙的候鸟
走不出心境的是亲人的期冀

看得见的　有翩翩的舞步
看得清的　有雾中的笑梅
看得明的　有眼角的泪迹

穿越山丘把羽毛梳理
穿越草地把饥饿敲击
穿越浪花把彩虹洗涤

我从宁静中等待你的相约
我从世纪末的尘埃中寻找你的美丽

1996.8.19

暗夜里的康乃馨

暗夜是预料中的事件
暗夜将朋友疏远
暗夜里我静静地等你

等你在无名的渡口
等你善待往日的祝福
等你从家园飞起

飞起了彩色的风筝
飞起着少女的梦幻
飞起已成我唯一的谜底

谜底诉说前世的夙愿
谜底与命运有关
谜底呈现出最后的晨曦

晨曦披在母亲的身上
晨曦中将康乃馨献给多情的小米

1996.8.7

金　属

金属的存在使我终身无悔
山有山的脊梁　水有水的落差　洋流
是如何绕过海峡的航标成为风暴

在太阳千百年的喊叫　千百年的
狂怒之后　呻吟也鞭笞不了你
歌声在血管里意味深长地漂泊

地球的痂处是你繁殖的真菌
正如我每一次接受锋利的割伤时
都关闭起眼睛　用神经感受辽阔

站在边缘上　是少女临风飘洒的裙摆
是你欲言又止的嘴唇　亲吻土地
亲吻所有可敬的朋友　可敬的祖国

当爱植入金属成为有血性的民族
成为折不断的历史时　我还渴望看到红红的火

1995.8.4

浮　生

阳光在沙滩上散步
退潮的波纹露出情绪
寄居蟹擎着螯微笑

白云很低很低地飘来
田野里的生长已进入旺季
石竹花在风中撒娇

有一只公羊立于黑色的岩石旁
以胡须指点江山
年轻的甲虫匆忙越过小桥

盘旋多时的鹰开始了俯冲
接近目标的瞬间
画一个圆圈就变成脱逃

鱼儿张着嘴想说些事件
白杨树的眼睛是失明的歌谣

1995.8.2

月色冥蒙

仿若静止了时间　静止了
跳动的脉搏　一切都沉入
你的网和你清辉的覆盖之中

纺织娘还在吗　歌唱的翅膀
会牵出多情的话语　汇成
明澈的溪流舒展叮咚

踏在你光滑的臂上　所有的神经
都在凝聚　最微观的行为
不设防地走进最宏观的云层

你已不用妩媚的记忆叙述
平静　叶子上滴落下的露珠
一半透明　一半动情

月色啊　悄然遗失的是眼睛
是门前永远青春的梧桐

1995.7.31

命若琴弦

直到你走上那座独木桥
唯一的弦才开始弹奏
每个段落都漏出咔嚓的历程

你面山而视　本该有许多
幸福的鸟儿伴飞　上了云霄
就有红霞歌舞缤纷

可是那弦依旧　在骨节中
呼吸挣扎　游移出一丝坚韧
在你有生的年华里飞升

山的对面有一个知音
旋律时隐时现　呼唤中有着
青铜的斑驳和饥饿的鸟鸣

蜿蜒在人生的路上
忽然断了　正是你凝固的琴声

1995.8.1

凝视音乐

当我凝视时　你却不见踪影
空空地抓不住离去的衣裳
和你默默含泪的手

你曾沿青苔濡湿的墙壁
穿过回廊　让小家碧玉
从寂寞中唤醒远方的海鸥

盘旋于丝竹管弦之间
以飞行的姿势点缀背景
为情感的流溢放纵歌喉

山明水秀是出色的舞台
天籁的絮语在我的身边徘徊
失意中总想找一找无形的忧愁

不见你的踪影　可我还在凝视
曲折音调的路上有人在神游

1995.7.26

水的名义

只要有湿漉漉的感觉
剩下的部分　你都拿去
包括我从未出示的贞操

像鱼一样自由自在地穿过
透明　把热爱浓缩
把最后的寄托　留给水草

即使舒展为一千朵浪花
我都将你供奉在黑色的
眼睛里　供奉成爱的鸟

在南方已得不到亲人的关怀
溯水而上　追随着云朵而来
我的旗帜会迎风飞飘

水的名义落地有冰的声音
世纪的钥匙在门外龇牙狞笑

1997.1.22

北国雪霁

我看见你时就看见了北国
天高地阔的胸中
飞跑着年轻的牡鹿

认真地将故土翻耕后离去
远方有一豆烛光在燃烧
诱惑着洁白的仙女飘落

我看见你时就看见了雪
一部打开的书上正写着
美丽的天鹅展翅在大湖

在天空中舞蹈是一生的梦想
去问寻所有命运的过客
谁是你秀色纤纤的树

我看见你时就看见了成熟
珍贵的花朵总会绽放在阳光明媚处

1997.1.24

渴望生活

有滋有味的春天
青草伴我入眠
难得的清香萦绕在梦乡

三餐的糙米　就如三朵
吉祥的云　通过我的胃
长成铮铮的脊梁

天地间的生命哟
我将你们排列成价值
将夜晚的星星点亮

或许母亲已离去
夕阳中的我仍在渴望
渴望日子一天天变长

游在水里我是一尾鱼在沉默
飞在天上我是一只鹰在翱翔

1997.2.8

二月春风

正是细雨霏霏的时节
养蜂的人出入在
与日子相关的网中

追赶着阳光　也追赶着
神秘的二月　十个指头
始终在数落着春风

天暖了　家里的燕子
想说一句告别的话
憋红脸只听见后山的流水淙淙

南方是一幅清晰的画
淡妆的云彩拂过旅程
凝结着一生的光荣

不曾踏过的足迹　也不会
飞来姑娘透熟的艳红

1997.2.12

伤　口

伤口如嘴唇般地张开
像峰谷迎面而来
从你的头部直逼我的心

这也是痛苦的失败
走在人群之中　没有谁看见
风吹落叶　也落些泪珠闪耀着透明

浴中的雾气弥漫视野
赤裸着的身躯　也会赤裸着
灵魂　一览无余的小树林

忽然的坠下　飞起呼啸的血
一步一步地走来
带着最沉重的声音

你的伤口只是伤口　在我
却是一枚阴湿时能迅长的真菌

1997.1.5

那些艰难岁月

许多时光轻易地流失
许多嘱咐遗忘成叹息
许多亲人已离去

纷纷飘落的事件
在血液里坚定成金属
同一条河中渴盼无忧的细雨

那些艰难岁月
不时地轻叩我的门
月光下是蔷薇的情侣

寂静如消逝的时光
走在路上向往
遥远的总是崎岖

折下一枝记忆吧
沉入水中就是自信的鱼

1995.2.25

等待一位朋友

夜深了　等待一位朋友
才不知深浅和轻重
时光随流水出没

一杯龙井在桌上大睁着眼睛
热情地缭绕了额头
想起波黑枪炮声中的摧毁

欲说无言　对朋友宽容
对朋友该体现敬重和乐礼
清除心中多年的块垒

门还没有打开
窗外依然肃穆
春日的祝福已在梳理妩媚

端上一碗将凉的镜子
斜落的月光深入静静的河水

1995.2.9

孤独的飞鸟

在我的前面实在想不起
你有什么壮举可以感动沉重的翅膀
目光划过　你是一颗潇洒的流星

胸中的郁闷载着动力　在无云的天空
想象猛禽的嬉戏　想象童年
以及少女站在小松树下吹动的风铃

孤独的飞鸟在飞着　身后不再流逝失望
即使流逝了情绪　那也无碍对你的信任
对你，我有难以表述的心境

或许月岁的破败伤害了你的飞翔
沿途的小路扩张成我的血管
让我等你　成为你御寒的棉衣

认不清巢的方向就衔一口水沿海岸线北上
孤独就会成为渐渐照亮你的爱情

1995.1.29

候鸟飞过的天空

候鸟飞过　身影被日历撕去
宽边的帽子遮住了一丝羞涩
白云铺就的路沿着视线延伸

葱郁的山用画纸漂来
碧绿的水用彩墨漂来
又漂来走失家园的荒村

候鸟飞过　把不用的路标察看
一声声鸣叫　穿透了人类的胸膛
打开去年的野花　已是无法辨认

正如白纸的大地　一代代
从肤色改变着性质
成为不堪回首的混沌

候鸟飞过的天空曾下过一场神秘的雨
候鸟飞过的天空又升起了无名的烟尘

1996.5.21

手心手背

手心贴着手背　手背贴着手心
手心抚摸着手背　手背亲吻着手心
手心神情恍惚　手背意志坚定

手背喜爱阳光　喜爱承受
手心喜爱月亮　喜爱宁静
把喜爱的浸入河流　锻造出真情

手心厌恶阴谋　厌恶造作
手背厌恶失信　厌恶怜悯
厌恶本不是存在的依据　却是不设防的门

手心对手背说："我爱你"便春风拂面
手背对手心说："我帮你"就热血涌出
都触着大地下面最深处的根

手背在手心面前是大山　是青色的无言石碑
手心在手背眼里是清水　是透明的雨季来临

1996.4.17

毕加索的眼睛

西班牙公牛总有倔强的脾气
用画笔用艺术的灵感
也表述不尽你的狂想

蓝色是天空　天空里有乌云
红色是血液　血液显着稚拙
灰色是土地　土地生长高粱

前所未有的格尔尼卡
前所未有的罪恶
在光束下令人颤抖和徬徨

和平的鸽子永远在展翅
以儿童的名义亲近瓷器
从中获得生命意义的流淌

独具慧眼的目光　曾经
洞穿一切人类的画廊

1996.3.25

蓝色的天空

那一定是情绪的过程
缓缓地预言明天
一再承受柔弱的蓝色

不停地走着　两条腿像翅膀
都市的街景　声音无穷地伸展
将粮食的营养注入胃格

云来时　心情还好
潜意识的悲伤只属于
搭错车的游客

是鸟飞过　叫不出名字
沧桑的梧桐树正被伐去
该问候些什么　表情才不会忐忑

祝福你　和平吉祥的天空
我的手指多想抚摸那首情歌

1994.12.31

灯火辉煌

从这里进去便是一个天地
乡情　亲情　还有爱情
黑幔之下　我伫立在风中

呼唤　哪怕是瞬间的欢乐
都显出无限灿烂
直到斜月踏上虬枝横逸的枯松

在一切退去的时候
我赤裸于你的眼前
灵魂就是洗净的霓虹

风　吹着我们远去
失望与希望挣扎在峡谷
谁能给我光荣

年复一年地前进　幸福的玫瑰
悄然落入灯火殷殷的寒冬

1994.12.21

雨中城市

细雨霏霏　落在脸上很凉
落在街上湿濡了古老的青石
小巷的叫卖声高低参差地走来

行走的人们从容不迫
打伞一样　有事与没有事
相同　有些雨水滑进了姑娘的胸怀

城市的故事许多是与雨有关
汽车溅起的水花　沿着弧线
装饰了街面呆板色彩

其实雨停了　高层建筑的窗子
依然被雾纱遮盖
没有从湿漉漉的感觉中醒来

城市还未收起雨具　雨水还在皮下流淌
低头走着　忽然想起去世多年的奶奶

1995.6.4

谛听昨夜

并不是我们每个人都感到
你的存在　就像面包和盐
就像大雨中水流的声音

一只无形的手　在所有的空间
所有能成为我们触摸的物品中
谁会最先得到那把祖先的竖琴

没有视觉地前进
将往事浓缩在琥珀里
等待日落后的一点宁静

沿着唯一的岸边涉去
跳动的心是命运
是撒旦无法抵达的死亡之门

谛听　终会让我们穿越一切
进入你曾被伤害的竹林

1995.6.28

声音碎片

掷地有声　才不至于碎裂
一旦不测　碎了就很沮丧
没有阳光　只有易碎的神经在徘徊

仿佛五指都是罪人　失败
是不可容忍的刀子　杀伤谁
谁就终身遭灾

破碎是不能后悔的膜
夜间活动的动物　看不见易碎的声音
碰碎了　就欠下一笔债

何况是少女　成为风景的时候
也就成了珍贵的眼睛
所有的珍贵中最怕碰坏

碎了　无法复原　无法解释
碎片落地后蜕变成失意的云彩

1995.7.2

生命之灯

行色匆匆　穿过星星
恍若漂泊的小舟
在天空中远去

站立的树　站立成人生姿态
一圈圈的爱与恨
正是横断年轮的大锯

远望那闪烁的灵魂
噩梦从夜晚逃遁
捡起别时馈赠的诗句

呵护生命之灯
用心中的亮　在宁静的根处
倾注了春天的好雨

以自己的眼睛去看　辨别
诺言与谎言的心律

1995.1.7

和平岁月

和平就在我们身边
可是　我们却很陌生
爆炸声中时常出现黑枪

什么在挤压着我们的呼吸
民族的仇恨在流血
东方的豆腐与西方的果酱

波黑的硝烟尽了
犹太人阿拉伯人和胡图人
把咸涩的液体流进梦乡

紧闭着眼睛　紧闭着窗户
祈祷着和平　祈祷着母亲
一步一步地走向哭墙

沸腾的日子孤独寂寞
和平的岁月多么难忘

1996.1.1

打马平原

好大的平原　冲刷成
扇面的姿势从我胸口展开
展开一片青绿的情怀

打马　打着迅跑的意念
射向平原　我不能扼制
这冲击的潮水淹过石头

向东边　向西边
向南边　向北边
向没有遮挡的视野扑来

打马在这平原上跑　风哟
风撕着生长的禾苗
却让我的心在旗帜上飘

我呼　我喊　我高唱
平原上打马如飞在巨大的舞台

1996.1.1

苏北小镇

左顾右盼的神情
泄露在墙角　飞檐下
一个红袄的姑娘在羞涩

昂首挺胸的公鸡蹒跚地走来
小贩的呐喊让人回望许久
街头已少了往日的草舍

靛蓝的摩托声近迫着
手里的瓦刀与刨子正在酣睡
阳光的影子如织

想起一个约定　田里的叙事
还在大的嘴角边流出
瞬间变得无声无息

街道宽成路了
常常吐出黑亮的硬核

1995.12.28

遥看运河

运河是一位皇帝的玉带
从他眼睑处垂下　垂到
脚面的绣鞋上

绣鞋是苏杭的园林
有美女有太湖石有曲桥和回廊
更有数十万生灵的新伤

可是运河载负着血米　载负着盐
一千多年的风云
一层层地雕塑成了民族的光芒

民族的鱼自由地游历南北
所有的风俗都进入骨头
并且变成永远的乳香

遥看这动脉
我的身体已不能缺少流淌

1995.12.29

阿兹台克光芒

隔着大洋咸涩的水　我的目光
被你的引力抓住　五百年的岁月
并不遥远　每一日都被你的精神照亮

石头从来都是人类的支柱　从来
都是实现欲望的证明　打磨的砺痕
覆盖了粗俗　也传来号角的鸣响

瓦砾和文明　废墟和辉煌
载不动的土地在脊背上站立　迎海风
倾吐着那段虐杀的肮脏

阿兹台克情结紧系在山上　大洋的
湿润抚慰着你　就如抚慰着亲人
你可以告诉所有的后来者　以及所有的歌唱

无需去寻找失落的梦　许多的记忆
都来源于自己　来源于永远的太阳

1996.2.9

耶路撒冷钟声

夕阳的余辉托举着教堂的尖顶
鸽子的翅膀拍打着天空的流云
咏唱传来　这就是人们的依靠

黑色舒展开无欲的本质
虔诚幻化成夜晚的灯盏
以致高墙上飘动着千年的小草

打开那部厚厚的书　仿佛钟声
从心底升起　一尊尊瘦弱的脸庞
让先知们走出心灵的酒窖

碎石块的路面还是那么光滑吗
长衫仍旧在耶稣的脚下无言
只有羔羊圆睁着恐惧的眼睛在惨笑

永远的耶路撒冷　永远在上帝的嘴里
贴近他时我的心会狂跳

1996.3.24

夕阳正在慢慢地红

夕阳离开了母亲　夕阳又回到了
湖水中　夕阳静听着耳语
热爱就成了梦里的全部

夕阳历数着过往的船帆
打鱼人拖着长腔　　在夕阳中
编织着有女人的蓝色头布

夕阳的身体沉下去
夕阳的歌声浮上来　贴着湖水前进
翅膀上没有沾水的羽毛沾水的蒲

夕阳从眼睛开始燃烧
浓情被记忆稀释　又被归舟划破
露出难言的红　在最近的水面落进了湖

夕阳正在慢慢地红
红到血液深处

2000.6.17

封　存

被封存在时间的胶囊里
说不出要说的话
隔着透明　这个世界让我伤心

从零点开始上升　上升为热情
语言变得那么羞涩矜持
没有出口　只有泄欲

时间在温柔中显得娇小可人
我被封存的爱　被封存日子
努力地寻找失去的夏天

有谁还会相信明天的美好
饮食男女们　牵着手
闪光在橱窗里　闪光灯无语凝噎

我在两天里等待着你
我被时间封存起来

2000.6.27

镜子在放浪形骸

做着不同的姿势
将一种物体演变成另一种物体
完全一致　完全相反

镜子开始了自己的本能
冰凉的血液　静静地
穿过墙壁　停留在空中

设想那个过程
用心去完成它　用歌声覆盖它
那片裸露的皮肤

仍在前行　缓缓地前行
象征着无数沸腾的生命
在一百年中风化成伤疤

镜子的语言在唾液中横飞
怎能在一念之差里显出骸形

2000.7.6

纪念歌喉

终于有一天　我们灵魂走失在深巷中
黑黑的　伸手不见五指的时候
耳朵　演着最后的杀手

我想　春天就那么醉人吗
听见的和看见的都那么充满诱惑
枝头的革命　生长出芽苞和肿瘤

多少次让风儿吹醒
我们在尘埃上思考
我们的命运还在深藏如酒

终于有一天　我被释放出来
一贫如洗的人们　匆匆地走过去
翻遍所有的思念　仍是一无所有

面对远去的朋友　渐渐淡忘了
他们的面孔　渐渐失去了唯一的歌喉

2001.3.14

春日所及

脱去的冬装缄默无语
石板桥上的脚步声
让早归的燕子听了心慌

融化的雪在一天天地瘦下去
伴着童话长大的树
被微风问得摇摇晃晃

最小的溪水在山间不停地流动
盘绕在一枝藤上的鸟巢
从睡梦中醒来似乎将烦恼遗忘

胆小的动物悄悄地探出脑袋
谁还那么不顾面子地大声咳嗽
一双美丽的眼睛在四处张望

在大树的年轮上坐下
多少喧嚣都化成宁静在空中一点点绽放

2001.3.30

灵魂或者肉体

照着自己的样子
塑成自己的影子
远远地看着自己的行为

原以为自己是自由的
在书中和画中
或者杯中也是那么有味

季节的小丑
在十指间流露着敬意
挂在墙壁上就是悬垂

钟摆无声地走着
椅子上的自己和舞台上的自己
都会流着同一种泪

只有自己失去灵魂的存在
或者自己失去肉体的相随

2000.1.25

第四辑

表情归于脸谱　无论是
站着　还是走着　风
都吹在悲悯凄然的眼前

绘画大师们（组诗）

写给达利的十四行

我认识你　认识你的
色彩　构图和语言
认识你的胡须被人物吹动着

清晨的海风带着咸腥
从窗子进入　我认识你
在画布前就狂躁不安地走来走去

认识你的颜料排列的顺序
刮刀的角度　笔前进的
速度　后退一步看出的弧度

马德里大街上的斗牛士　古堡森森的
庄园　我认识你将气势融解在
造型中　将性格凌驾于作品之上

我不认识你的破碎的情感　和你
幸福地拥有这个世界唯一的美丽

1999.9.10

写给马蒂斯的十四行

具象与抽象　蓝色与黄色
在你这里有一条分水岭
分割着人与野兽

人与生命的热情　你都用
自己的眼睛测量体温
寻找一种能够栖身的阴沟

几何的世界和我们的幻想
相差无几　忧郁的秋天
经常出现在虚伪的雨后

你都记下这些　记下二十世纪
文明光辉的艺术之花
连叹息也被浓彩和装饰淋透

是那支尊严的画笔在心里
跳动　使每一幅作品都唱着歌的节奏

1999.9.12

写给凡高的十四行

只要是太阳就一定会燃烧
不论你身在何方　不论
在阿尔　在圣雷米　在奥费

燃烧的光焰使麦田复苏
罗纳河上的星空也不再沉默
夕照和截梢的柳树在风中生活

流过泪的农妇还在小丛林中
寻找着什么　春天的果园
和普罗旺斯的果园都在一点点辽阔

我知道你偏爱的向日葵
留下来了　而红色的葡萄园
都卖出去了　昼夜开始无情地交错

燃烧　燃烧　燃烧　燃烧到
最后　你依然是一团烈火

1999.9.20

写给米勒的十四行

拾穗的人和播种的人
相互交换着背景　相互
交换着眼神　乡村的大公鸡在啼叫

急风刮过来　老树倾斜了
走路的人也倾斜了　可是
走路的人还远在他乡没有依靠

农民的儿子走到那里都不会
改变本质　谈吐之间　农事与愿望
在颜料的组合下就会变成遍地青草

巴比松林可以很小　你的笔下
却是那么大　让世界都看见了
茁壮的禾苗和倒伏的庄稼

用灵魂描绘的村庄还要用
一生的热血灌溉和燃烧

1999.9.27

写给莫奈的十四行

日出印象就把你印象了
并且逐步加深　加深到
所有的颜料都失去魅力

只保留你的一个睡姿　眉宇间
沟壑重叠　阳光透明
阳光下你舒展着两支小排笔

变幻就是审美　风景就是
语言　在鲁昂大教堂和花园里的
女人们中间穿过　没有发生奇迹

没有发生瞬间可接受的联想
那就去伦敦　那就丢下情书
去赴一个等待很久的约会　约会蒺藜

最深的那个印象你找到了吧
最愉快的心情还是在心里

1999.9.29

写给珂勒惠支的十四行

谁让二十世纪出现那么多事件
流浪　饥饿　死亡　疾病　困苦
谁让那些腐朽的东西涌出

横行在无拘无束的街上
谁还能征服一群胆量
一群足以让世界重新组合的灵魂

你是这样记录他们的　你将
他们刻在石板上　你将他们
刻在铜板上　你起的名字叫暴动

或者团结就是力量　你同情
支持的那么一群人　为自由和真理
挣扎着　忍受着被压迫的疼痛

以母性的柔情　挑起世界的脊梁
以女儿的诚实　迎接着洁白的寒冬

1999.10.1

写给列宾的十四行

或者到那个黎明去看看
那是画的语言浸泡过的
土地　那只是一轮朝阳

那是伏尔加河的流速
凝固了一段画面　于是
号子声就升上天空　飞出晨光

用韵律　用触摸　用感受
用谁也不能抵达的声音
仰望那条蜿蜒在大平原的脊梁

我们走在你曾经走过的路上
一阵大风吹落帽子　露出眼睛
你却沉默着指向那幅坚强

民族魂是通过伏尔加河流淌
出来的　号子声震撼着俄罗斯的心脏

1999.10.3

写给康定斯基的十四行

敲打一下　就飞出一个声音
连续敲打　飞出许多声音
拥挤着飞出来　蔚为壮观

其实　这只不过是你的感觉
从一个点到一条线　从一块
色斑到堆砌在墙角的瓦罐

具象的事物包容了喜怒哀乐
抽象的人们依然将精神
保留到临终时最后的冷淡

即兴的街道通向即兴的田野
构图的树枝悬在构图的教堂
你谨慎地开门　你担心混乱

内心的需要是无止境的
上帝给予的只要多看一眼

1999.12.27

写给惠司勒的十四行

回到美国　无助于油画和版画
回到人多的地方　更
无助于调动线条和色调

那么就去英国　去罗宾汉
出没的山谷和森林
去母语诞生和流传的地方

在那里　或许你不会成为诗人
但　一定会成为一个画家
用你的眼睛记录下的印象

东方情调温柔了你的手
手便在画布上　铜版上
结出灿烂的苹果

艺术是一棵生命极强的树
在你的关照下青枝绿叶

2000.1.28

苏州诗草（组诗）

东山即景

走进古典的画廊
便没入太湖烟云
微雨濡湿了心情

濡湿了踏上古典的脚
天就黑了　东山在今天
又不在今天的怀中

五百年前的小桥
已无法通过面包车
于是　忘却古曲进入现代

门已是抽象的门　窗也不再是
花格窗　而人依旧
面若桃花　吴语侬腔

迎着湖风　微雨如温柔的
女子　在东山是一抹口红

1999.8.23

走进角直

小桥流水的故事
溢满了整个夏天
夏天娇嫩无比

独角的猛兽端坐在门口
幽深的巷子披在背上
织绣的女孩正在站起

砖上铸有图纹
瓦上标着年代
人却依旧记着一个文人的米

小雨不知不觉地落下
在地上只是湿润
在心里透出岁月的洗礼

暮然回首　现代别墅
包裹了古镇　将文化浓缩进梦里

1999.8.27

徐州诗草（组诗）

画像石

将石头变成历史　将
石头的灵魂赋予生活
将石头的存在嵌进民族的眼睛

石头就不再是石头了
石头穿行在河流中间
石头展开了一扇深深的窗屏

从天上的神仙　到人间的
牛马　从精湛的舞姿　到
庄严的祭奠　更包容了衣食住行

幻想与现实结合
农耕文化种植在坚硬的
石头上　石头就长出永恒的生命

石头就是石头　石头在雕刻中
不再是石头了　石头含情

1999.8.18

汉兵马俑

兵俑列队　马俑列队
背向楚王　背向行宫
呜咽一片　泣声一片

旗幡下哀伤的兵马阵
浓缩了汉朝的呼吸
走出十里的儿童　谁能看得见

表情归于脸谱　无论是
站着　还是走着　风
都吹在悲悯凄然的眼前

当一支号角响起　远山的鼓声
和着马的嘶鸣　融化在一起
这一切就定格成无言

我站在这块曾经喧嚣的土地上
我游离在这血与火之间

1999.8.19

九里山古战场

春风刮过就如秋风
刮过　没有哀鸿飞来
正如哀鸿飞来　仿佛

战鼓擂鸣　仿佛马蹄哒哒
青草一年一年依旧茂盛
石头一块一块仍在守望

白云一朵一朵寻着灿烂
天空变得空空荡荡
将壮志寄于这片凝重

旌旗招展　刀枪并举
雄才大略铺展一条带血的路
在这片热土上仰天长叹

血与火已凝固成泪滴
灵与肉还在书写着悲壮

1999.8.20

金缕玉衣

肉体腐烂了　躯壳还在
灵魂丢失了　碎片还在
岁月消亡了　记忆还在

记忆梦游过的奢华
已经暗淡下去　碎片
串起来的叹息　飘出无奈

躯壳　包裹着永生
却包裹不了速朽　坚硬的
玉片　只能坚硬地失败

坚硬地堆砌了一些事件
还能证明一些技艺
流动的王朝留一些光彩

流连在空荡荡的博物馆
巨大的叹息笼罩着后人情怀

1999.8.25

观景台上观景

华灯初放　星落人间
寻遍失语的机会
唯在似与不似之间

我登上这个高地　我
将一种心情融进一位老人的
笔锋　迎风吹开了云烟

湖水的涟漪无力地
漂在视线的尽头　谁家的
使者飞来　定是勤奋的春燕

还有凤凰栖过的山头
有彭祖眠过的石床　楚汉
文化构建了生命的山川

我登上这个高地　我看不见
景色　心情如奔流的长河被截断

1999.9.1

海盐诗草（组诗）

潮源

被千年的海风吹得无比沧桑
沧桑的皱纹里　泛青发芽
长出与春天相似的脸庞

叶子在海潮的细声碎语中
一片片地飘入历史　飘入
我们共同的视野　共同的眺望

是谁的力量推动着你
在海的梦幻中度过最后夜晚
然后　留下子孙　留下唯一的旧伤

阴雨刚刚远去　海鸥就传来
远方的消息　湿漉漉的羽毛上
滚动着亲人跋涉的阳光

从我们的视野里起航　穿过记忆
万马奔腾地在胸中轰响

2002.5.16

南北湖

南湖是一只眼睛　北湖
是另一只眼睛　两只眼睛
都睁开来　幸福就悄然降临

小桥蘸着露水写下的故事
失散在脚步匆匆的竹林中
捡起一朵黄花　留给天明

剩下典雅的姑娘　轻柔地哼唱
长满青苔的旧房子　忽然飞出
一只蝙蝠擦肩而过　落下一些缤纷

湖水沾湿衣襟　在微风的
溺爱中诉说着隐秘的疼痛
多姿的世界在这里只有宁静

关闭上眼睛　会有一个好梦进来
洗去一身的疲惫　我再睁开眼睛

2002.5.16

五月海滩

顺着东海的海流向南
我的心一点一点　莲花般地
张开　我的五月渐渐丰腴起来

所有的海流都将鱼群引诱
在美人刻骨铭心的地方　我
被陌生的手握住　又深情地松开

站在葱郁了满山的高树旁
我只能看见浮动的海水　海鸟
看不见鱼　风和命运的开怀

踏上松软的海滩
每一天会在海水的流动中
体验存在
体验一个将军的胜败

五月海滩　雕塑着我的想象
从追随的呼吸中　拥抱大海

2002.5.17

山东诗草（组诗）

孔林夕照

一阵阵风扫过　孔林中的老树没有笑容
千年古柏裸露出沧桑无限的皮肤　让后人们
顿觉灵魂是那么的瘦弱　脚步是那么的沉重

小小昆虫走在神道上刚显出威风　两边的红墙
就以一种先师的嘴脸　讥笑它的年少无知
雷阵雨悄然而至　所有痕迹都被洗净

梅花篆字曾让这里风情万种　于是刻进石头的
就不仅仅是几个字　沿街的红色石章列队走来
说出的方言　也仅仅说出了浮在表面的几丝水纹

小心翼翼地绕过坟墓　不想惊动这里沉睡的
老人　无需将编织的故事打磨成玉佩
千百棵虬然的站立已将生命阐释得淋漓尽致

一旦叩响岁月的大门　尘埃与思想就会一同起身
毫不相干的后人来到这里　只能面对却不能触摸

2008.5.18

泰山极顶

一步一个台阶　一步一个脚印　一步一个坚实
从中天门来到龙门　从十八盘到南天门
穿过天街　穿过白云亭　穿过碧霞祠　穿过玉皇顶

再也没有什么可看的景点了　我就坐在石头上
我就看众多的人群　俊男靓女扶携相伴
白发老者执杖攀登　汗水湿透了衣衫

日出是看不见了　却在日出的地方等待许久
千百年的曙光就是从这空空的云海间
露出笑容　迷倒了天下一切有欲望的人

“五岳独尊”四个大字确实超凡脱俗
同样刻在坚硬的摩崖上　无数名人大作
都被一种光芒掩盖　都在一种思维中生存

时空一旦凝固成石头　石头就会铭刻心愿
泰山永远在那里　登泰山的人永远是新的

2008.5.19

青岛之青

将晶莹的海贝撒出去　海岸边就闪光了
一串串珍珠　唯有一枚青之又青　跃出海面
像鱼一般地展开了绚丽多彩的鳞片和翅膀

观澜阁上极目远眺　张开的双臂也张开了
百年的拥抱　浮动的小舟如歌唱在怀中
退潮的沙滩留下蛏子　寄居蟹和游人的脚印

起伏的车道被绿树遮罩　古色的哥特建筑
诉说着屈辱与光荣的往事　夜晚的海大校园
深不可测　低沉而悠长的汽笛声提醒着

另一个悠长而低沉的时间将要来到
赤脚走在沙滩上　海风亲切地掀起衣角
梳理头发　美女与观念在街头流淌成浪花和啤酒花

火炬永远是一种精神的象征　在青色的底色上
燃烧成民族的希望　最亮的贝壳镶嵌在我的额头

2008.6.4

伊拉克战火与加沙城袭击（组诗）

巴士拉

南方的迷雾没有炸弹来得凶猛
有人悄悄地越过一节矮墙
向敌人靠拢　有人扣动了扳机
将仇恨射向移动的目标

有人在记者会上侃侃而谈
“我们消灭了500名敌军士兵”
两颗集束炸弹完成了一生的使命　有人
在遥远的电视屏幕前默默地流泪

大火虽然扑灭了　可硝烟还在不屈地
上升　有人打一枪换一个地方
有人不幸地倒在坦克车旁　有人
看看时间　正是三月二十六日正午一点

2003.3.26

纳杰夫

我看见平静的不再平静了
晚风吹来　有一个妇女听见
鬼的哭声　被炸毁的医院
是一个恐怖的地狱

我看见她蹒跚的脚步
跨过狰狞的废墟和烧黑的汽车
淡淡的晨雾中　晃动的小手
和没有燃尽的树

我看见的村庄不再是村庄了
纳杰夫的城里有多少妇女和孩子
有多少粮食和水　有多少
生命和死亡

2003.4.1

亚 辛

瘦弱的亚辛　长着长胡子的亚辛
说话低声而柔软的亚辛
父亲一般地从沙龙的手里
消失

成千上万的哈马斯
穿过燃烧的街道
永远站不起来的亚辛却从电动轮椅上
飞翔了　冲锋枪在鸣响
潘多拉的盒子被打开

早礼拜刚刚做完
两颗洁白的导弹就将亚辛
送给了安拉
亚辛不甘心　哈马斯不甘心
巴勒斯坦和以色列又将在
血泊中挣扎

亚辛不想睁开混浊的眼睛

2004.3.24

亚辛与拉宾

亚辛从未与拉宾握手
可是　现在亚辛终于
与拉宾拥抱了

仇恨是一棵有生命的小苗
仇恨在腥风血雨中一天天长大
亚辛已遭遇了不止一次的恐怖
最终　仍被恐怖淹没
就像拉宾一样
没有说出的最后一句话

为了仇恨而战争的人死了　为了
战争而仇恨的人也死了
拉宾在拥抱亚辛时轻轻地说
“我们的女人在哪里——”

2004.03.26

石湖诗草（组诗）

石湖春晓

石湖不是石头的湖　也不是
湖里的石头　到了石湖就一切
都明白了　原来这里的田是湖荡的田
这里的果树连成片
春天浓香如酒　令人陶醉

石湖的春天来得很快
在北方刚踏上青枝绿叶的时候
这里已是百花盛开
桃花红得羞涩含蓄
梨花白得心底透明

更有如花的村民
过节一般地簇拥进果园
并且　将能唱歌的舞台围成唯一的花蕊
春天放开歌喉　在花瓣上舞蹈
宁静的诗　踩着音阶登上所有人的心头

桃花红·梨花白

沿着手指的方向看去
一条小路切开了两个世界
红的是桃园　白的是梨园
热情与宁静将花的容颜
分类　定格

其实花的心境是无法分类的
在没有看到历史文人走来的时候
我断定
流血的是魏晋的喧嚣
落雪的是隋唐的孤傲

今年　石湖的春天来得格外早
一场春雨过后　桃树梨树就
换了新装　姑娘脸上映着桃红
让梨花的欢乐充盈着
人们所有的梦想

菜花黄

菜花是乡间最普通
最常见的花　带有泥土的芳香
穿行于很多人的记忆中
菜花用无可替代的黄色
让童年和青梅竹马变得新鲜起来

菜花有很多朋友
菜花的朋友在阳光下快乐地生长
根子在土壤下　紧紧地握在一起
情感就慢慢地洇成了
谁也不能拒绝的黄色

走进石湖的菜花田
蜜蜂便与我想到了一起
选择一个角度　选择春天里
最诱人的时刻
我们合影留念

通向果园的泥土路

当然　我们的目标在果园
我们在到达果园之前
要先走一段泥土路
就是这段泥土路让我想起了童年
也想起了风尘仆仆和红尘滚滚

那是多么细腻而多情的泥土呀
粉末状地与一双双脚
亲密接触　泥土勇敢地
拥抱鞋子和脚　拥抱往事
以及往事中那些将被忘却的身影

于是　童年的我曾如小鸟一般快乐
踏得泥土飞扬　踏得笑声朗朗
我们谁也不愿回头看
将身影和造型留在果园里
明年就会长出一枝新芽

2009.4.16—2009.4.28

跋

从20世纪80年代以来，我的诗写旅程屈指一算也有三十年了。这与我国新时期文学发展的辙痕相重合，我是这段历史的见证者，或者说我的诗歌里融进了这三十年的江山钟鼓、物象风云、冷暖情丝、四季颜色。德国诗人席勒曾说，诗人是时代的秘书。我的诗有这些价值吗？我在思考着。

去年莫言获诺贝尔文学奖让我大大地兴奋了一番，仿佛是我获奖一样。仔细一想：我干吗兴奋，人家莫言拿了几百万奖金与我没有一分钱关系，我的兴奋也好、高兴也好，都是没有理由的。然而，我在整理旧稿时发现，莫言《透明的红萝卜》中的感觉和意象对我的早期诗歌就有很深的影响，他的创新和不流俗曾使我看到了中国文学的曙光。诗歌什么时候也能这样？我在思考着。

近年来，我特别感到无助，好像我们所有的能量都用尽了，却依然还停留在原处。我们呐喊过，声音却传不远；我们奋力地拼杀过，可流血最多的还是自己；我们献出慈善的心，得到的回报却是不义。道德的沦丧、是非的混淆、信仰的缺失、教育的滑坡，让一个民族变得面目模糊。诗歌能做些什么？我在思考着。

作为诗歌的理想主义者，我不后悔我的选择。我一直在考虑诗歌应该写得疼痛一些，再疼痛一些。像撕下胸口那块皮肉一样，鲜血淋漓，有着撕心裂肺的疼痛。因为，无关痛痒的诗歌太多，粉饰太平的诗歌太多，垃圾遍地的诗歌太多。在坚守最基本道德底线的同时，将疼痛的诗歌写进我们的生命空间和流动的血液中。那样，诗歌就不会是远离人群的旧鞋子了。

这是我的又一部诗集，一百五十多首诗大都来源于我近年来的创作。在整理这些作品的时候，我看到在我的身后，有一双一直关注我的眼睛，她什么都没说，也什么都不会说。嫁给一个诗人是否都得要背负着一生的沉默？她很不容易，我敬重她。还有我的儿子，他不写诗，可他不远离诗，他的存在对我来说是一种无形的逼视和力量。我的原动力完全来自于他们。

我还是相信诗歌是我们的精神家园和灵魂归宿。所有支撑那些美好梦想的无不来源于对诗歌的追求和拥有，就像我们每一天面对的天空，可以遐想，可以描绘，可以是彩霞满天，也可以是黑云密布。我们热爱的天空真实而丰富，透明而辽阔，诗意无限而从容不迫。

是为跋。

十 品

2013年4月15日 星期一

图书在版编目(CIP)数据

一个人拥抱天空 / 十品 著. —桂林: 广西师范大学出版社, 2013.10

ISBN 978-7-5495-4308-3

Ⅰ. ①一… Ⅱ. ①十… Ⅲ. ①诗集-中国-当代
Ⅳ. ①I227

中国版本图书馆 CIP 数据核字(2013)第 196546 号

出 品 人: 刘广汉
策　　划: 扬子鳄书坊
特约编辑: 刘　春　唐秋萍
责任编辑: 阎海文
装帧设计: 扬子鳄书坊 + 畅

广西师范大学出版社出版发行
(广西桂林市中华路 22 号　　邮政编码:541001
网址:http://www.bbtpress.com)
出版人:何林夏
全国新华书店经销
销售热线: 021-31260822-882/883
桂林广大印务有限责任公司
(桂林市临桂县金山路 168 号　邮政编码: 541100)
开本: 890mm×1 240mm　1/32
印张: 6.75　　　字数: 120 千字
2013 年 10 月第 1 版　　2013 年 10 月第 1 次印刷
定价: 36.00 元